수면의 고양이

이근영 연작소설

낭원에게

차례

10시 10분의 콧수염

그는 종종 콧수염 뒤로 숨곤 했다. 아무에게도 말하지 않았지만, 콧수염이 자신을 지켜 준다고 생각했다. 그에 대해 사람들에게 물어본다면 아마 열에 아홉은 콧수염에 대해 이야기할 것이었다. 양팔을 벌린 모양의 풍성하고 잘 정리된 콧수염을. 그러나 콧수염 이외의 다른 특징을 물어보면 아홉 중 일곱은 쉽게 대답하지 못했다.

콧수염은 자신을 각인시키고 얼굴의 나머지 부분을 지워 버렸다. 콧수염은 그를 유일한 존재로 만들어 주고 자신감을 북돋아 주는 방패이며 동시에 그가 원한다면 언제라도 사람들 속으로 다시 들어갈 수 있게 해 줄 마지막 안전장치였다. 그래도 돌아갈 곳 하나쯤은 필요하기에.

그는 쉽게 기억되고 싶었지만 누구의 추억에도 남고 싶지
않았다. 검은색 옷만 입는 것도 그런 이유에서였다.

도심 한복판의 구시가지, 재개발을 앞둔 골목 뒤편 작은
술집에는 검은 옷을 입은 콧수염 남자가 있었다. 작은 술
집은 족발집과 빈대떡집 사이에 불법으로 증축한, 한쪽
벽과 반대편 벽의 주인이 다른 자투리 공간이었다. 때문
에 이런저런 복잡한 계산과 문제가 도사리고 있어 오랫동
안 버려져 있었다. 자신의 모양처럼 가늘고 길게 살아남
았지만 누구도 선뜻 들어오겠다고 나서는 사람이 없었다.
콧수염 남자는 이곳을 처음 보자마자 아무 불평 없이 계
약했다. 오래된 공간에 차곡차곡 쌓인 시간의 냄새를 맡
자 그의 마음은 잔잔해졌다. 좁고 긴 공간은 어릴 적 그가
자주 숨곤 했던 벽장을 닮았다. 한참 동안 잊고 있던 안식
처를 다시 찾은 기분이었다. 어디에서도 찾을 수 없는 가
격도 콧수염 남자가 이곳을 선택한 이유 중 하나였다. 그
는 매달 7일이 되면 두 건물주의 통장으로 공평하게 월세
를 입금했다. 불확실한 미래에 대한 걱정은 잠시 접어 두

고서.

많은 것이 필요하지는 않았다. 콧수염 남자는 시간과 품을 들여 공간을 치우고 채웠다. 손수 목재를 자르고 대패질하여 기다란 ㄴ 모양의 바 카운터를 만들었다. 투박해 보이는 바 위에 손을 올리면 손끝으로 부드러운 따스함이 느껴지기를 바라며 공들여 마감했다. 수평 또는 수직이 미세하게 어긋났을지도 모를 선반을 차례로 달고 술병을 하나하나 채웠다. 그는 틈이 날 때마다 부드러운 천으로 바를 닦곤 했다. 단순하고 반복되는 동작 속에는 자신의 손으로 무엇을 만들어 냈다는 뿌듯함이 담겨 있었다.

작은 술집은 따로 간판도 없었다. 검은색으로 칠해진 미닫이 나무문에 mau라고 조그맣게 쓰여 있지만 주변의 모두 그곳을 그냥 검은 집이라 불렀다.

주변 노포들이 가진 존재감에 묻혀 주의 깊게 보지 않으면 알아채기 힘든 곳이었다. 반면에 어떤 사람들은 유서 깊은 족발을, 할머니가 만들었다는 빈대떡을 먹다 나와 화장실로 착각하여 문을 열고 들어오곤 했다.

검은 집에서는 몇 가지의 칵테일, 잔술과 간단한 안주를 팔았다. 외부 음식을 가져오는 것은 허용되었다. 그러나 술을 병째 팔지는 않았다. 대부분 혼자 오는 손님들이었다. 어차피 검은 집에는 콧수염 남자의 자리까지 포함해 도합 일곱 개의 의자가 있을 뿐이었다. 바에 앉아 있던 사람이 일어나 밖으로 나가려 할 때 누군가 문을 열고 들어온다면 서로 어색하게 몸을 접어 어깨가 닿지 않도록 노력하며 스쳐 지나가고는 했다. 두 잔이나 세 잔 정도 조용히 마시고 일어서는 사람이 많았다. 하지만 역시 가끔은 크고 작은 소동이 일어나곤 했다.

콧수염 남자는 사람과 사람 사이에서 일어나는 일들을 어려워했다. 그럼에도 불구하고 술집의 주인이 된 것은 모두를 위한 공간이면서도 그만을 위한 영역이 필요했기 때문이다.

오래전, 그가 콧수염을 기르고 얼마 되지 않은 후의 일이었다. 회사의 상사는 가만히 그를 따로 불렀다. 최근의 실적 부진을 지적하는 것으로부터 시작된 그 면담은 돌고 돌아 결국 콧수염을 밀어 버릴 것을 권하는 것으로 끝났다. 용모단정이라는 사규에 어긋날 뿐만 아니라 콧수염 남자의 콧수염이 회사 분위기를 해친다고 말이다.

그는 고개를 숙였다. 포개어 잡은 두 손에 힘이 들어갔다. 그러나 아무 말도 하지 못했다.

집으로 돌아간 콧수염 남자는 면도기를 손에 쥐고 거울을 바라보았다.

콧수염은 아무도 해치지 않아.

그는 이 상황에 대해 누군가와 이야기 하고 싶다고 생각했다. 그날 밤, 자세를 고쳐가며 거듭 잠을 청해 보았지만 오래도록 잠들지 못했다. 그에게도 친구는 있었다. 서로 담백한 위로와 축하를 나눌 수 있는 소중한 존재들. 그는 복잡한 계산 없이 마음을 내어주고 싶었다. 아마 친구들도 그와 크게 다르지 않았을 것이다. 하지만 사람의 마음은 헤아리기 어려운 것이었다. 콧수염 남자는 가끔은 자신도 모르게 작은 기대를 품곤 했고, 어떤 소망에는 종종 실망이 따라왔다. 낙심하는 자신에게 그는 더 큰 절망을 느꼈다.

생각해보면 기대라는 감정은 상황이 어떤 어려움에 부딪쳤을 때 그의 안에서 떨어져 나오는 파편 같은 것이었다. 실망은 그 파편을 방향을 가늠하지 않고 무작위로 날려버렸다. 그로 인해 다치는 사람이 생길 수도 있다고 그는 생각했다. 친구들은 착실하게 앞가림을 하며 살아가고 있었다. 언젠가부터 그들은 눈 옆을 가린 경주마처럼 전속력으로 달리기 시작했다. 순식간이었다. 그렇게 콧수염 남자는 홀로 남아 천천히 걸어가고 있었다. 가끔은 친구들도 이 풍경을 바라보았을까 궁금해 하면서.

콧수염 남자는 자리에서 일어나 회사의 홈페이지를 클릭했다. 글로벌 브랜드인 본사와 해외 지사의 모든 글을 꼼꼼히 읽어 내려갔다. 언제나 그랬듯 잠이 오지 않을 때는 달리 할 수 있는 일이 없었다. 여느 때와 다를 것 없는 긴 밤이 지나갔다.

다음 날 아침, 콧수염 남자는 코 밑 뿐 아니라 뺨과 턱 전체에 풍성한 수염을 기른 중동 지역 사원의 사진을 조심스레 상사에게 내밀었다.

말씀하신 것과는 달리 수염을 금지하는 사규는 찾을 수 없었습니다. 그 어느 나라에서도요.

상사는 한숨을 쉬었다. 손에 들고 있던 펜으로 책상 위에 놓인 사진을 밀어내며 말했다.

이봐요, S 씨, 여기는 한국이라고.

사진은 펄럭이며 바닥으로 떨어졌다.

콧수염 남자는 자리로 돌아와 조용히 사직서를 작성했다. 억울함도 후회도, 불안함도 미련도 없었다. 그의 인생에서 몇 없는 장면 중 하나였다. 얼마 없는 짐을 챙겨 회사를 나서면서 마지막으로 출입문 유리에 비친 자신의 모습을 보았다. 목에 걸었던 사원증 하나만 없어졌을 뿐, 달라진 것은 무엇도 없었지만 미용실 의자에 앉아 거울에 비친 자신을 볼 때처럼 낯설고 어쩐지 더 좋아 보였다.

자신이 모욕받는 일쯤은 얼마든지 견딜 수 있었다. 매일

세 끼를 먹는 일처럼 그다지 특별한 일도 아니었다. 상사의 말대로 여기는 한국이니까. 그러나 콧수염은 달랐다. 길지도 짧지도 않은 그의 인생은 콧수염을 기르기 전과 후로 나누어졌다. 오 대 오의 비율로 정확히 대칭을 이루는 그 모습에서 양쪽의 다른 점을 찾아내는 일이 어려운 것만큼이나 콧수염 이전과 이후의 인생에서 차이점을 발견하기는 쉽지 않았다. 언제나 혼자였고 여전히 불면증에 시달렸다. 하지만 오직 그만은 알고 있었다. 콧수염은 그에게 아주 사소한, 그러나 특별한 능력 하나를 선물해 주었던 것이다.

이제 막 깨어난 소중한 존재 자체가 부정되는 일은 없어야 하니까.
콧수염 속 아무도 모르게 숨어 있는 작은 흉터를 손끝으로 느끼며 그는 생각했다.

콧수염 남자가 원한 것은 거창한 것이 아니었다. 아주 기본적인 존중이나 자그마한 이해심 같은 것이었다. 그도 아니라면 부러 모른 척해 줄 수 있는 예의랄지 적당한 거리감이어도 좋았다. 그러나 그는 번번이 낙심했고 좀처럼 그 감각에 익숙해지지 못했다.

어떻게 해도 사람들 가운데서 살아야 하는 것을 피할 수는 없었다. 그렇다면 자신의 영역에서 만나는 것이 나을 거라 믿었다. 통장에 묻어 놓았던 어머니가 남긴 얼마간의 유산과 퇴직금을 합쳐 콧수염 남자는 검은 집을 열었다. 벌이가 수월하지는 않았지만 혼자서는 하루하루 살아갈 만했다. 낮과 밤이 서로의 자리를 대신하자 불안과 후회로 켜켜이 덧칠한 오랜 불면의 밤에 균열이 찾아왔다. 이윽고 그 사이로 숨어 있던 색이 드러났다.

*

오후 3시, 콧수염 남자가 집을 나선다. 나란히 늘어선 가로수의 변화를 관찰하고 그 안의 새소리를 들으며 걸으면 삼십 분 남짓. 출근길이 이렇게 느긋해도 될까 가끔은 죄책감이 든다. 검은 집 지척의 재래시장에 들러 그날그날 필요한 것들을 산다. 달력의 숫자에서 찾을 수 없는 시간의 흐름을 시장에서 느낀다. 봄에는 나물을 가볍게 무치거나 튀기고 여름에는 차가운 토마토 수프를 만든다. 가을의 풍성함은 그를 설레게 한다. 여름의 끝을 알리는 바람이 불어오면 콧수염 남자는 평소보다 십오 분 일찍 집을 나서고는 한다. 가게에 도착하면 문 앞에 배달된 술 상자가 그를 맞이한다. 좁고 긴 검은 집의 풍경을 그는 사랑한다. 좁고 긴 ㄴ 자 바 카운터, 그 위에 가지런히 널린 하얀 리넨 수건들을 차례로 걷으며 바삭한 감촉을 느낀다. 투명한 유리잔을 차곡차곡 포개고 열을 맞춘다. 긴 막대가 달린 걸레로 서늘한 도기다시 바닥을 닦는다. 냉장고에 계란을 채워 넣은 콧수염 남자는 입구의 작은 불을 켠다. 오후 4시, 검은 집 mau의 문이 열린다.

사람들은 모두 자신의 이야기를 들어 주기를 바랐다. 술이 한 잔 들어가 몸이 따스해지고 어둑한 노란 조명이 눈에 익을 즈음이면 대개가 자신의 비밀을 흘릴 준비를 마쳤다. 비록 거창한 비밀은 아니었지만. 온종일 타인들의 요구사항을 들어 주느라 지친 사람들은 과묵한 콧수염 남자에게 편안함을 느꼈고, 꿈속에서나 들을 수 있을 법한 그의 낮고 부드러운 목소리는 좁고 길다란 검은 집과 무척 잘 어우러졌다. 그저 자신의 이야기를 들어 줄 누군가가 필요했을까. 콧수염도 한몫했을지 몰랐다. 그는 생각을 할 때마다 콧수염 한쪽 끝을 뱅글뱅글 꼬아 위로 잡아당기는 버릇이 있었다. 이야기를 다 들은 그는 콧수염을 만지작거리며 그렇군요. 라고 말할 뿐이지만 사람들은 만족했다. 그의 콧수염을 보면서 사람들은 쓸데없이 말을 많이 하고야 말았다는 후회나 수치심 대신 출처를 알 수 없는 아주 자그마한 위안을 얻었다. 그래서 그는 매일 8시 20분 모양의 콧수염으로 가게를 열고 10시 10분의 콧수염이 되어 가게를 닫고는 했다.

콧수염 남자는 술에 취한 사람에게 항상 서니사이드업 계란 프라이를 만들어 주었다. 기포 하나 없이 맨들맨들하고 보름달을 닮은 노란 노른자가 중앙에 자리 잡은 아주 잘생긴 계란 프라이를.

그저 흔한 계란 프라이일 뿐인데, 손으로 정성들여 빚은 듯 얌전한 모습에 모두 감탄하곤 했다. 그러나 자신 앞에 계란 프라이가 놓인 접시가 나온다는 것은 이제 그만 자리를 떠야 한다는 것을 의미했다.

이것을 다 먹으면 돌아가야 한다. 마음속으로 되뇌며 한 조각씩 천천히 포크로 계란을 찍어 먹는 사람도, 하나만 더 만들어 달라고 조르는 취객도 있었다. 간혹 완벽한 프라이를 만드는 비결을 물어보는 이도 있었지만 그때마다 그는 말없이 눈을 가늘게 뜨고 빙긋 웃기만 했다.

*

검은 집 골목은 구도심의 작은 섬 같은 존재였다.
대단위 아파트 단지와 거대 빌딩 사이에서 살아남은 키 작은 묵은 건물과 고만고만한 빌라촌이 서로 드잡이하듯 붙어 있는 동네, 노포들이 즐비한 골목. 그 안에서 가장 내력이 없는 곳이 검은 집이었다.

골목에는 아주 오래전부터 자리 잡고 장사를 하던 사람들이 태반이었다. 늦은 밤, 그들은 하루를 마감하며 남은 막걸리와 족발 끄트러기들을 터주에게 남겼다. 습관처럼 의식처럼 해 오던 일이었다. 터주는 골목 어디에나 있었다.

쥐들은 개발을 피해 좌로 또 우로 이동하여 그곳에 자리 잡았고, 이내 고양이들도 따라왔다. 서울에 더 이상 쥐가 없다는 소문은 사실이 아니었다. 쥐들은 좁은 골목 사이에서 숨죽이고 살아가고 있을 뿐이었고, 사람들은 바삐 움직이며 해야 할 것들을 하느라 쥐들을 보지 못했을 뿐이다. 작은 의자에 앉아 햇빛 바라기를 하며 종일 골목 어딘가를 바라보는 노인들만이 그 사실을 알았다. 그러나 이제 노인들은 이곳에 없다. 타의에 의해 이동해야 하는 것은 단지 쥐뿐만은 아니었으므로. 그 자리에는 고양이들이 남아 터주가 되었다.

잘 관리된 새로운 건물과는 달리 검은 집 골목에는 여전히 고양이가 필요했다. 암묵적인 동의라도 맺은 듯 적당한 거리를 유지하며 그들은 함께 살아가고 있었다. 터주-고양이들-의 밥을 챙겨 주는 일은 그렇지 않아도 좁고 오래되어 지저분해 보이는 골목을 그나마 깨끗하게 유지하는 방법이기도 했다. 배고픈 고양이들은 쓰레기를 뒤지기 마련이니까. 하지만 추운 겨울이 오면 이야기가 달라졌다. 겨울은 밥만으로는 살 수 없는 혹독한 계절이었다.

어느 겨울밤, 터주가 콧수염 남자를 찾아왔다.

콧수염 남자는 여느 때와 같이 일을 다 마치고 청소를 하고 있었다. 쓰레기를 내다 버리고 들어오자 기다란 바의 안쪽, 등받이 없는 높은 의자에 검은 고양이가 앞발을 가지런히 모으고 앉아 있었다. 작은 조명을 받아 이마의 검은 털이 노랗게 빛나고 있었다. 술병이 가득 찬 선반을 배경으로 앉아 있는 검은 고양이는 마른행주라도 들려 주면 유리잔을 닦을 것만 같았다. 금방이라도 동그랗고 커다란 얼음을 채워 위스키를 내어 줄 것처럼 보였다.
고양이는 마치 조각상처럼 미동이 없었다. 콧수염 남자는 고양이의 동그랗고 노란 눈을 좌우로 번갈아 들여다보았다. 그 안의 검은 눈동자에 자신의 모습이 비치는 것을 보았다.

대영박물관에 전시되어 있다는 청동 고양이상 같네.

고양이의 모습을 하고 있는 고대 이집트의 여신, 바스테트와 닮았다고 그는 생각했다.

콧수염 남자는 가본 적 없는 곳의 먼 과거를 떠올렸다. 이집트를 침략한 페르시아 군대가 고양이를 앞장세우고 품에는 고양이를 한 마리씩 안고서 고양이를 그려 넣은 방패를 높이 들고 진격하는 모습을. 고양이를 신성한 존재로 여기는 이집트의 군대는 차마 공격하지 못하고 머뭇거리다가 전투에서 패배하고 말았다고 전해지는 역사를.

이는 그가 들어 본 중 가장 낭만적인 멸망의 이야기였다.

고양이를 향한 불가해한 숭배와 사랑. 그 근원에 대한 호기심으로 그는 이집트 신화에 빠져들었다. 답을 찾지 못한 채 대학을 졸업한 이후로 내내 전공과 무관하게 살아오던 콧수염 남자의 앞에 지금, 여신 바스테트와 똑 닮은 검은 고양이가 앉아 있었다.

멋진 수염이구먼.
검은 고양이는 왼발을 얼굴로 들어 핥으면서 말했다.
콧수염 남자는 주변을 살펴보았다. 자신과 고양이 외에는
아무도 없었다.

정말 멋진 콧수염이야. 양팔의 대칭이 조화롭고… 좌우간
흥미로워. 물론 내 것보다는 못하지만 말이야.
검은 고양이는 그를 똑바로 쳐다보며 분홍빛의 작은 입을
열었다.
그런데 자네, 잠을 통 못 자는 얼굴을 하고 있군. 쯧쯧….
콧수염 남자의 눈동자가 조금 커졌다.
그래, 어디 먹을 것 좀 내와 봐 봐.
말문이 막힌 그에게 검은 고양이가 말했다.
이왕이면 따뜻한 것으로다 말이야. 날이 아주 옴팡지게
차구먼.
뒷발로 귀를 긁으면서 검은 고양이가 덧붙였다.

콧수염 남자는 평소와 다름없이 계란 프라이를 만들기 시작했다. 계란 프라이를 내어 놓는다는 것은 이제 그만 돌아가 주기를 원하는 그만의 완곡한 표현이었으니까. 흰자는 기포 하나 없이 매끄럽고 위로 봉긋 솟은 노른자는 컴퍼스를 대고 그은 듯 완벽한 원 모양이었다.

훌륭한 노른자야. 아주 잘 어울려.
그거 알고 있나? 오늘은 보름달이 뜨는 날이라네.

크게 열린 검은 고양이의 두 눈에 계란 프라이가 비쳤다. 콧수염 남자는 고양이가 송곳니로 우아하게 노른자를 터트려 먹는 모습을 바라보다가 열린 문 쪽으로 시선을 돌렸다. 좁은 문 사이로 보이는 늘 같은 풍경 속으로 손바닥만큼 하늘이 보였다. 구슬처럼 둥근달이 이제 막 푸르스름한 안개 속에서 빠져나와 노랗게 모습을 드러낸 참이었다.
분명 바스테트는 달의 여신이기도 했지….
그는 콧수염 끝을 뱅글뱅글 꼬아 위로 잡아당겼다.

검은 고양이는 콧수염 남자를 바라보더니 천천히 눈을 감았다가 떴다.

그래, 그럼 이제 자네 이야기를 좀 해 봐 봐.

그날부터 검은 고양이는 종종 가게를 마감하는 콧수염 남자를 찾아와 계란 프라이를 주문했다. 고양이는 매번 손님 자리 대신 바 너머 안쪽 의자에 자리 잡았다. 콧수염 남자가 음식을 준비하려면 좁은 공간 속에서 조심스레 몸을 움직여야 했다. 여간 불편하지 않았지만 그는 불평하지 않았다. 생각해 보면 고양이란 원래 그런 존재 아닌가. 도리어 당당하게 요구하여 사람을 무장해제시킨다. 세상에 이런 존재는 흔치 않을 것이다. 검은 고양이를 바라보며 그는 콧수염을 뱅글뱅글 꼬았다. 계란 프라이를 다 먹으면 몸치장을 하다가 검은 고양이는 돌아갔다.

그런 날들이 반복되었다. 콧수염 남자는 검은 고양이를 위해 냉동실에 닭 가슴살을 채워 놓았다. 나무 문 아랫부분을 뚫어 경첩이 달린 작은 문을 달았다. 골목에 버려진 금이 간 화분을 가져와 고양이들이 좋아한다는 풀을 심었다. 검은 고양이도 이곳을 찾아 온 다른 이들처럼 나름의 안식을 찾기를 바랐다. 시간이 많아서. 콧수염 남자는 그렇게 혼자 말하고는 했다. 잠이 드는 일은 여전히 쉽지 않았다. 그럴수록 몸을 움직이고 억지로 잠을 청하지 않는다. 이것이 불면증과 함께 살아가기 위해 그가 택한 방법이었다.

언젠가부터 검은 고양이는 손님들이 있을 때도 개의치 않고 검은 집을 찾았다. 그러나 다른 사람들 앞에서는 입을 다물었다. 의외로 사람들은 고양이를 신경 쓰지 않았다. 가끔 술에 취해 엎드려 잠든 이가 있으면 검은 고양이는 그 사람 머리 위에 자리 잡고 함께 잠이 들곤 했다.

갯벌에서 조개를 한가득 캐는 꿈을 꾸었어. 높은 언덕에 올라가 콩을 심었는데….
사람들은 유령처럼 깨어나 이런 말들을 읊조리다가 계란 프라이를 얻어먹고 비틀거리며 집으로 돌아갔다.

어른이 꾸는 꿈은 쓸데없이 현실적이고 좀 시시한 구석이
있단 말이지.

빈 잔을 닦으며 콧수염 남자는 생각했다.

자신 역시 그런 꿈들을 잔뜩 꾸곤 했기 때문이었다. 여행
지에 도착해 가방을 열었는데 필요한 물건 대신 엉뚱한
물건들만 가득하고, 중요한 발표 직전 준비했던 자료가
몽땅 사라져 버리는, 생각만으로도 식은땀을 흘리게 되는
꿈들.

그러고 보니 요즘, 전과는 조금 다른 꿈을 꾸고 있는 것도
같다. 어쩐지 그립기도 하고 까닭 없이 기분이 좋아지는,
하얗고 부드러운 아이스크림의 맛 같은 그런 꿈을.

그는 콧수염을 아래로, 아래로 쓰다듬었다.

*

모두 돌아가고 장사를 마감하면 그들의 진짜 하루가 시작
되었다. 검은 고양이가 계란 프라이를 먹는 동안 콧수염

남자는 술을 한 잔 따르고 자신을 위한 음악을 재생했다. 밥을 다 먹은 고양이가 털을 고르는 광경을 지켜보고 있노라면 종일 복잡한 모양으로 날카롭게 각져 있던 마음의 모서리들이 술잔의 얼음처럼 녹아내렸다. 치솟았던 혈압이 내려가고 봄처럼 나른해졌다. 그저 바라만 보고 있을 뿐인데, 피로가 절로 씻겨 나가는 듯했다.

바늘대신 깃털이 달린 장난감 낚시대를 흔들면서 콧수염 남자는 생각했다.

이런 행동들을 보면 역시 평범한 고양이인 걸. 아무리 사람처럼 말을 한다 해도….

검은 고양이는 몸을 낮춘 채 수염을 사방으로 활짝 펴고 깃털을 노려보고 있었다. 높이 올린 엉덩이를 좌우로 실룩대더니 펄쩍 뛰어 깃털을 낚아챘다.

그렇지. 바스테트와는 거리가 멀지.

중얼거리는 콧수염 남자를 똑바로 바라보며 검은 고양이가 물었다.

자네 방금 뭐라고 했나?

낚시대의 깃털을 잡으려 움직이던 고양이의 앞발이 얼어
버린 것처럼 허공에 멈추었다. 누군가 그 안에서 미닫이
문을 좌우로 활짝 열어젖히기라도 한 듯 검은 고양이의
동공이 순간 커다랗게 열렸다. 검은 고양이는 높고 가느
다란 목소리로 냐- 하고 길게 울었다.

*

콧수염 남자는 검은 고양이와 공유하는 삶에 이제 조금
익숙해졌다. 검은 집의 문을 닫을 시간이 다가오면 슬그
머니 검은 고양이가 나타났다. 그들은 함께 밥을 먹고 어
둠이 깔린 골목길을 앞서거니 뒤서거니 걸어 집으로 돌아
갔다. 검은 고양이는 콧수염 남자의 머리 위에 자리 잡고
잠을 자곤 했다. 검은 고양이는 언제나 제멋대로 들어오
고 나갔다. 어느 날은 종일 살갑게 그를 대하다가 또 어떤
날은 코빼기도 비추지 않았다.

고양이란 정말 알 수가 없단 말이야.

콧수염 남자는 고개를 끄덕이며 콧수염을 매만졌다. 그는 거울에 비친 자신의 모습을 바라보며 간밤의 기분 좋은 꿈을 떠올렸다.

그렇게 아름다운 텃밭을 하나 가꿀 수 있다면 어떨까. 요사이 채소의 향과 맛이 진하고 선명하게 느껴지는데. 어쩐지 콧수염도 생기가 도는 듯 하고.

그는 콧수염 끝을 뱅글뱅글 꼬아 위로 잡아당겼다.

콧수염 남자가 검은 고양이에게 바라는 것은 없었다. 존중과 이해, 예의와 거리감. 그는 자신이 세상에 원했던 태도 그대로 검은 고양이를 대했다. 애초에 기대가 없었기에 실망도 따라오지 않았다. 그는 더 이상 자신을 미워할 필요가 없었다. 예상하지 않았던 기쁨은 오히려 더 크게 다가왔다. 콧수염 남자는 혼자 있을 때에도 자주 미소를 짓게 되었다. 가면처럼 찍어낸 웃음이 아닌 눈 가장자리의 근육까지 모두 다 쓰는 진짜 미소를. 그의 마음 속 근심과 걱정, 불안과 후회의 부피는 줄어들지 않았다. 그러나 그 사이사이의 텅 빈 공간을 검은 고양이가 채웠다. 유연하고 가볍게. 인생에 작은 고양이 하나가 들어왔을 뿐인데. 그렇게 불면은 사라졌다.

어느 날 검은 고양이가 접시를 깨끗이 비우고는 말했다.
자네, 나와 손을 잡지 않겠나?
콧수염 남자는 허리춤에 매어 놓은 행주에 손을 닦고 검은 고양이 앞에 조심스레 손바닥을 내밀었다.
아니, 지금 이게 무슨 개코같은 짓이야? 그 손이 아니지. 답답하기는….
검은 고양이는 고개를 모로 돌리며 그의 손을 발로 탁 쳐 버렸다.
그의 얼굴이 순간 붉게 물들었다.
미안합니다. 저는 그 손이 그 손인 줄 알고….
그래 뭐, 그럴 수 있어. 그럴 수 있지.
검은 고양이는 인심이라도 쓰듯 갈 곳 잃은 그의 손 위에 자신의 발을 살포시 얹어주었다.
아무튼 나와 함께 해 주어야 할 것이 있어.

식사를 다 마친 검은 고양이를 위해 콧수염 남자는 낮고 투명한 잔에 위스키 대신 생수를 따랐다. 고양이가 좋아하는 쌉쌀한 향의 풀을 조금 뜯어 물 위에 띄우고 두꺼운 종이로 만든 동그란 받침 위에 잔을 올려 내었다.

검은 고양이는 할짝할짝 물을 마시고 나서 다시 말을 이어 갔다.

이건 의미 있는 일이야. 말하자면… 사회공헌사업쯤으로 여기면 되겠어. 자네라면 잘 해낼 수 있을 거라 생각하네. 인간치고는 꽤 쓸 만하니까 말이지.

검은 고양이는 콧수염 남자에게 꿈의 도서관의 사서가 되어 주기를 바란다고 했다.

꿈의 도서관이라니, 그게 뭡니까?

고양이의 반짝이는 눈동자를 바로 보며 그가 물었다.

지구상에서 가장 충실하게 잠을 자는 동물이 뭔지 아나?

바로 우리 고양이들일세. 그만큼 우리는 꿈에도 일가견이 있지. 좋은 꿈을 꾸고 싶다면 고양이를 가까이해야 하는

법. 하루라도 책을 읽지 않으면 입 안에 가시가 돋친다는 말이 있긴 하지만 우리야 뭐 원래 그러니까….

검은 고양이는 까슬까슬한 분홍빛 혀를 내밀어 보였다.

아니 어쨌든 좋은 책을 읽는 것처럼 양질의 꿈을 꾸고 싶다면 매일 고양이와 함께 잠이 드는 것이 제일이야. 꿈에는 고양이를 이길 수 없다네. 그게 꿈의 도서관의 모토지.

꿈을 빌려주는-고양이를 빌려 주는-도서관이라니.

그는 콧수염의 끝을 뱅글뱅글 꼬아 위로 잡아당겼다.

하긴, 사람처럼 말을 하는 고양이가 이렇게 존재하는데.

여기서 무슨 일이 더 생긴다고 한들 그리 놀랍지 않지.

허공 속 무언가를 골똘히 응시하는 검은 고양이를 바라보며 콧수염 남자는 생각했다.

어떤가? 한번 해 볼 테야?

검은 고양이가 꼬리를 천천히 좌우로 흔들며 말했다.

그런데 말이죠. 말하자면 책을 빌려 주는 곳은 아닌데….

아니 아니, 그렇지. 이럴 게 아니지.

검은 고양이는 그의 말을 재빨리 가로채더니 자리에서 일어나 몸을 둥글게 말고 부르르 떨었다. 고양이는 입을 크게 열고 하품을 하며 웅얼거렸다.

일단 가보자구.

둘은 밤의 거리로 나섰다. 좁은 골목의 아스팔트 바닥은 촉촉하게 젖어 있었다. 이제 때가 되었다는 듯, 가로등 주변의 나무에서 하나둘씩 꽃잎이 떨어졌다. 고양이의 작은 발가락을 닮은 말간 분홍빛 꽃잎들이 수분을 머금은 밤공기 속으로 살랑이며 흩어졌다.

콧수염 남자는 두리번거리며 주변을 살폈다. 오늘따라 골목은 쥐 죽은 듯 조용하고 묘한 기운이 감돌았다. 분명 아무도 없는데 누군가 지켜보는 느낌이 들었다.

검은 고양이가 뒷발을 휙, 하고 털면서 말했다.

자네도 이미 알고 있을 게야. 요 근래 분명 달라진 것이 있을 텐데?

그는 콧수염을 매만졌다. 무언가 변한 것은 사실이었다. 꿈도 현실도. 불면이 사라진 것은 오히려 덤처럼 느껴졌다. 단조롭던 그의 일상이 자그마한 불 하나 켜진 듯 은은하게 빛을 냈다. 살금살금 걸어오는 고양이의 눈처럼 노란빛으로 물들고 있었다.

높은 빌딩 사이로 반쯤 가려진 달이 보였다. 물음표 모양의 꼬리를 높이 들고 사뿐히 걸어가는 검은 고양이를 따라서 그는 계속 걸었다.

다 왔구먼, 여기야.

검은 고양이는 어느 작은 건물로 그를 안내했다.

고양이는 영역 동물이라더니. 역시 그리 멀리 있지 않네.

콧수염 남자는 핸드폰의 작은 불빛에 의지해 어두컴컴한 계단을 돌아 아래로 내려갔다.

계단 끝에 다다르자 검은색의 커다란 문이 나타났다. 그는 잠시 숨을 가다듬고 천천히 문을 열었다. 어둠 속에서 초록의 작은 빛들이 반딧불이처럼 짝을 지어 떠다니고 있었다. 불빛을 비추자 군데군데 쌓여 있는 벽돌과 고물상에서나 볼 법한 헌 책상이며 의자 등 잡다한 물건 사이로 고양이들이 일제히 몸을 숨겼다. 그중 몇은 슬며시 고개를 내밀어 콧수염 남자를 쳐다보았다.

그래, 할 만하겠나?
어느새 잡동사니 언덕의 가장 높은 곳으로 올라간 검은 고양이가 그를 내려다보며 말했다.
몇 가지 필요한 것들이 있겠군요.
그는 콧수염의 끝을 뱅글뱅글 꼬아 위로 잡아당겼다.

발굴이 중단되어 방치된 유적지 같은 공간 속에서 콧수염 남자는 비우고 채울 것들을 그려보았다. 새롭게 만들어내야 할 것들의 목록이 아주 길어 보였다.
꼬리를 높이 치켜세우고 고양이들이 천천히 그에게 다가왔다. 검은 고양이, 하얀 고양이, 붉은 갈색 줄무늬 고양이, 턱시도 고양이, 삼색 고양이, 노랑 고양이, 고등어 무늬 얼룩 고양이, 회색 고양이, 젖소 무늬 고양이, 연한 크림색 고양이, 얼굴과 귀만 까만 고양이, 살쾡이를 닮은 점박이 고양이, 털이 하나도 없는 고양이, 털이 길고 풍성한 고양이, 한 쪽 귀의 끝이 조금 잘린 고양이, 두 귀의 끝이 살짝 접힌 고양이, 다리가 짧은 고양이, 다리가 세 개인 고양이, 꼬리가 짧은 고양이, 덩치가 큰 고양이, 얼굴이 동그란 고양이, 곱슬곱슬 털이 말린 고양이, 외눈 고양이, 파란 눈의 아기 고양이….

커피를 많이 마신 것처럼 콧수염 남자의 심장이 빠르게 뛰었다. 아주 오랜만에 느껴 보는 감각이었다. 콧수염 남자는 자신도 모르게 미소를 지었다.

그가 해야 하는 일은 어렵지 않았다. 어찌 보면 그가 늘 해 오던 일과 크게 다르지 않았다. 손님의 취향을 파악하고, 그에 맞는 술을 권하듯 꿈을-고양이를-권하는 것이다. 낮에는 꿈의 도서관에서, 밤에는 검은 집에서. 콧수염 남자는 조금 바빠졌다. 그러나 아무래도 좋았다. 원래부터 그에게는 시간이 많았으니까. 게다가 꿈의 도서관에 찾아오는 사람은 그리 많지 않았다. 어른들은 어른대로,

아이들은 아이대로 모두 할 일이 많았다. 책을 읽는 사람들이 점점 사라지는 것처럼 꿈을 꾸는 일이 더 이상 중요하지 않은 세상이 되어 버렸기 때문이다.

이제 그는 하루의 대부분을 10시 10분 모양의 콧수염으로 살아간다. 밤뿐 아니라 낮에도 귀 기울여 들어야 할 이야기들이 있었다. 어떤 콧수염이라도 그러하지만 10시 10분 모양의 콧수염이 그는 마음에 들었다.

내 모자, 초록

1

엄마는 더 이상 엄마가 아니었다.

그림책에 나오는 선녀처럼 하늘하늘한 붉은 옷을 입고 있는 사람이 커다란 나무 아래 서서 홍이에게 말했다.
어서 가, 옥황상제님께 들키면 큰일 나. 너는 이곳에 있을 수 없단다.

홍이는 눈을 동그랗게 떴다.
옥황상제님? 여긴 어디야? 엄마는 집에 안 가?
엄마라니, 누구를 말하는 거니? 어서 돌아가렴.
창백한 얼굴로 홍이를 바라보는 저 사람은 엄마가 틀림

없는데. 정말 이상한 일이다.

싫어! 엄마랑 같이 있을래!

홍이는 손을 뻗었다. 엄마를 잡아 보려 했지만 하얗고 기다란 귀가 뾰족 솟은 엄마는 어느새 저 멀리 숲속으로 사라졌다. 도마뱀 꼬리처럼, 엄마의 머리카락 한 줌이 홍이의 손에 남았다.

파란 어둠 속에서 보름달이 노랗게 빛나고 있었다.
쿠루룽, 멀리서 괴물들이 울부짖었다.
숲으로 이어지는 작은 들판 위에는 오직 홍이뿐. 서늘한 바람이 불어와 키 큰 풀들이 바르르 떨었다. 홍이는 풀보다 더 크게 떨며 외쳤다.

엄마!!!!!!
홍이는 잠에서 깼다. 눈을 뜨자마자 침대에서 벌떡 일어나 주변을 둘러보았다. 이불은 돌돌 말려 침대 옆에 떨어져 있었고 어젯밤 읽다 만 책도 책상 위에 그대로, 뒤집어 벗어 던진 양말도 의자 밑에 그대로 있었다.

아, 또 그 꿈이야.
홍이는 자신의 얼굴을 만져 보았다. 뺨도 이마도 모두 차갑고 축축했다. 서둘러 엄마의 방으로 달려갔다. 문은 굳게 닫혀 있었다. 엄마 방의 문은 지금까지 한 번도 닫힌 적이 없는데. 이상한 일이었다.

엄마!
홍이는 속삭이듯 엄마를 불렀다. 이상하게 갈라진 목소리가 자신의 것이 아닌 것만 같아서 홍이는 흠칫 몸을 떨었다.

어둑어둑한 방 안에 엄마는 반듯하게 누워 있었다. 두꺼운 커튼 사이를 비집고 들어온 햇살이 엄마의 얼굴 한쪽에 금을 그어 놓았다. 창틈 사이로 바람이 새어 나올 때마다 그 금은 사라졌다가 또 나타났다가 했다.

홍이는 가만히 손을 들어 엄마의 코앞에 가져가 보았다. 한 번, 또 한 번, 따뜻한 바람이 느껴졌다. 그대로 손을 뻗어 머리카락을 슬며시 만져 보았다. 머리카락도 무사하다.

요상하게 생긴 귀 같은 것도 없어. 다행이다.

하마터면 엄마를 깨울 뻔 했어. 언젠가부터 엄마는 잠이 드는 일이 쉽지 않다고 했는데. 깨지 않고 잠을 푹 자 보는 게 소원이라고 말이야.

홍이는 살금살금 방을 빠져나왔다.

부엌으로 가서 우유를 한 컵 따라 들고 식탁에 앉았다.

홍이는 요즘 들어 계속 이상한 꿈들을 꾼다. 멀쩡한 하늘에서 날카로운 가위들이 비처럼 쏟아져 내린다거나 형체가 없는 악의 무리를 찾아 싸워야 하는 그런 곤란한 꿈들을.

오늘처럼 엄마가 사라져 버리는 꿈을 벌써 몇 번이나 꾸는 건지 모르겠어.

홍이는 우유를 한 모금 마시고 헝클어진 머리카락을 쓸어 넘겼다. 홍이의 짧은 머리카락은 하늘을 향해 붕 떠 있었다. 밤새 무슨 일이 있었는지 아침이면 늘 그렇게 실험에 실패한 과학자의 머리처럼 엉망이 되어 있었다. 머리카락은 홍이의 마음대로 되지 않는 가장 큰 문제였다. 남들과 다른 붉은빛도, 곱슬거리는 모양도. 모두 홍이가 원한 것이 아니었다. 할 수 있는 일은 다 해보았다. 빗질을 천 번 하면 찰랑찰랑한 머리카락을 가지게 된다는 말을 듣고 기대한 적도 있었다. 그러나 그 말은 콩나물을 많이 먹으면 키가 큰다는 말과 별 다를 바 없었다.

더 이상 그런 말에 속지 않아. 나는 어린애가 아니라고.

머리를 기르면 좀 나아질 거라고 엄마는 말했지만 홍이는 그럴 마음이 조금도 없었다.

긴 머리라니. 머리카락은 비가 오면 마른 미역이 물에 불어나듯 무럭무럭 부풀어 오를 텐데, 긴 머리라니.

이게 다 모자가 없어서 그래. 아빠가 선물해 준 모자, 내 초록 모자를 잃어버렸기 때문이야.

초록 모자를 쓰고 있으면 홍이는 마음이 놓였다. 사람들이 흘끔흘끔 쳐다보는 붉은 곱슬머리를 포근히 감싸주던 초록 모자.

홍이는 모자가 꼭 자신을 지켜 주는 것만 같다고 생각했다. 모자만 있다면 엄마가 병원에서 늦게까지 일하는 밤에 혼자 잠 들어도 괜찮았다.

모자를 잃어버린 후로 홍이는 매일 기분 나쁜 꿈들을 꾸었다. 얼마 전에는 길을 가다가 머리에 새똥까지 맞았다. 엄마가 새 모자를 사주겠다고 약속했지만 다른 모자는 소용없다. 엄마는 꿈과 모자와는 아무런 관계가 없다고도 말했다. 자신은 모자가 몇 개나 있는데도 늘 좋은 꿈만을 꾸는 것은 아니라고 말이다.

그렇지만 엄마의 모자는 아빠가 준 것이 아니다. 그건 모두가 아는 사실이다.

모자가 없으니 이제 다 틀렸어.

홍이는 더 이상 즐거운 꿈을 꿀 수 없게 된 것이다.

그날따라 도서관은 사람들로 가득 차 있었다. 홍이는 수건을 돌리는 술래가 된 것처럼 사람들 주변을 빙빙 돌았지만 어디에도 빈자리는 없었다. 홍이는 다음 내용이 궁금했던 책의 두 번째 권을 찾아들고 도서관 마당으로 나와 긴 의자에 앉았다. 주변에는 아무도 없었다. 겨우 찾아온 봄을 겨울이 다시 쫓아낸 것 같은 날이었다. 그렇지만 구름 하나 없이 반짝이는 파란 하늘을 바라보면 이유 없이 기분이 좋아지는 날이었다. 햇살은 홍이의 머리위에서 따스하게 빛났다. 머리카락이 이마를 간지럽혀 홍이는 모자를 벗어 긴 의자 위에 놓아두었다. 그리고…,

이홍이!

마른 나뭇가지로 화단의 흙을 고르게 다지고 있다가 엄마의 목소리를 들었지.

도서관 마당과 이어진 주차장 쪽에서 걸어오는 엄마를 향해 홍이는 손을 흔들었다.

오늘은 빨리 끝났네?

그래, 이제 가자. 여기 이것만 챙기면 되니?

엄마가 홍이의 오른쪽을 가리키며 물었다. 의자 위에는 책만 덩그러니 놓여 있었다.

내 모자, 모자가 없어졌어!

모자?

아빠가 준 초록 모자 말이야. 여기다 놔뒀는데. 그게 없어졌어.

바람이 날아와 홍이의 머리카락을 헝클어뜨렸다. 홍이는 부르르 떨며 주변을 둘러보았다.

모자가 어디 도망이라도 갔겠니. 차분히 잘 찾아봐.

홍이의 머리카락을 단정하게 정리해 주며 엄마가 말했다. 이마를 스치는 엄마의 손가락이 바람보다 더 차가워 홍이는 또 한 번 부르르 떨었다.

그때, 검은 고양이를 보았지. 마당 구석 담장 위로 풀쩍 뛰어오르는 검은 고양이의 뒷모습을 봤단 말이야. 맨들맨들 윤이 나는 까만 털의 그 고양이는 물음표 모양의 꼬리를 좌우로 살살 흔들더니 엄마 키보다도 높은 담장을 단숨에 훌쩍 뛰어올랐어. 마치 중력을 거스르듯 가볍고 우아하게.

벌어진 홍이의 입이 채 닫히기도 전에 고양이는 담장 너머 소나무 숲으로 사라져 버렸다.

홍이와 엄마는 도서관과 마당을 모두 샅샅이 살펴보았지만 모자를 찾을 수는 없었다. 초록 모자를 본 사람은 아무도 없다고 했다. 결국 홍이는 모자 없이 집으로 돌아와야 했다.

아무래도 그 고양이가 수상하단 말이야.

홍이는 식탁에 팔꿈치를 대고 양손으로 머리를 감싸 쥐었다.

그러고 보니 모자 옆에 두었던 책을 집어 들 때 검은 털 몇 가닥을 본 것 같기도 한데…. 그래, 검은 고양이가 내 모자를 가져간 것이 틀림없어. 반짝반짝 빛나는 까만 털에 물음표 모양의 꼬리를 가진 고양이가. 아니면 정말로 모자에 발이라도 달려 있는 걸까?

역시 그 모자가 없으면 안 돼.

홍이는 빈 우유 잔을 손에 들고 튕기듯 의자에서 일어났다.

엄마는 오늘 쉬는 날이라 늦게까지 잠을 자겠지? 모자를 찾으러 간다고 하면 분명 잔소리를 할 거야. 아빠 이야기만 하면 얼굴을 구기니까. 어쩌면 눈물을 흘릴지도 몰라. 그것만은 곤란해. 엄마가 깨기 전에 얼른 다녀와야겠어.

홍이는 소리 없이 집을 나섰다.

모자가 사라진 곳에서부터 답을 찾기 시작해야 한다. 추리소설 속 탐정처럼.

2

아파트 정문을 등지고 왼쪽으로 걸어가면 어린이집이 나
온다. 언제나 소란스러운 어린이집을 또 왼쪽에 두고 돌
아 골목으로 들어간다. 작은 건물들이 모여 있는 좁은 길
을 한참을 걷다 보면 어느 순간 참을 수 없을 만큼 달콤한
냄새가 나기 시작하고, 거기서부터 서른 걸음 후에는 빵
집이 나온다. 크림빵을 손에 들고 부동산을 지나 오른쪽
골목으로, 그다음 작은 길을 하나 건너면 끝.

언제나 같은 길이다. 세탁소가 빵집으로 변하고, 문방구
가 부동산으로. 그리고 작은 주택들이 또 다른 작은 건물
로 변하는 동안에도 도서관은 사라지지 않고 홀로 남아
골목을 지키고 있었다. 홍이는 오랫동안 변하지 않고 그
자리에 서 있는 도서관이 좋았다.

골목에 들어서자 키가 비슷비슷한 건물들이 어깨를 나란
히 하고 추위를 피하는 사람들처럼 옹기종기 붙어 있었
다. 좁은 길은 온통 그늘에 잠겨 있었다. 홍이는 어깨를

웅크리고 걷다가 건물 사이를 비집고 들어 온 한 줄기 빛이 바닥을 가로지르고 있는 것을 보았다. 얼른 달려가 그 밑에 섰다.

어느 커다란 손이 머리를 쓰다듬어 주는 것 같았다. 홍이의 눈이 스르르 감기자 팽이가 돌며 색이 바뀌듯 세상이 빙글빙글 돌아가기 시작했다. 빨강, 노랑, 주황, 다시 어둠 속 초록.

빵빵!! 자동차가 화를 내며 지나갔다. 홍이는 깜짝 놀라 두 팔을 벌린 채 얼어붙었다. 어지러웠다. 어느새 빛은 저 멀리 달아나 있었다. 홍이는 작은 골목 안으로 들어가 빛을 따라 계속 걸었다. 작고 낡은 의자를 지나 커다란 곰 인형이 쓰레기 봉지 사이에 누워 있는 어느 집 앞까지. 빛의 마지막 조각은 담장 위에서 턱을 괴고 자고 있는 검은 고양이를 비추고 있었다.

도서관의 그 고양이 인가?
홍이가 한 발짝 다가갔다. 검은 고양이는 눈을 반짝 뜨고는 앞다리를 차례로 쭉 펴고 등을 둥글게 말았다. 부드럽고 풍성한 검은 털이 바람을 맞은 듯 부스스 일어났다. 고양이는 고개를 들어 크게 하품을 하더니 이내 옆집과 이어진 더 높은 담장 위로 폴짝 뛰어올랐다.

가까이 가서 보면 알 수 있을지도 몰라.

홍이는 검은 고양이를 쫓아가기로 했다.

고양이는 천천히 앞으로 걸어가다가 담과 담 사이를 멋지게 뛰어넘었다. 힐끗 뒤돌아보더니 오른쪽으로 방향을 틀었다. 바닥으로 풀쩍 내려왔다가 홍이와 가까워지자 높은 곳으로 단숨에 훌쩍 뛰어 올라갔다. 다리가 길고 까만 털이 반짝반짝 빛나는 것이 분명 도서관에서 본 그 고양이가 틀림없다고 홍이는 생각했다.

고양이의 노란 눈이 크게 열리더니 홍이를 빤히 바라보았다. 홍이가 까치발을 하고 손을 뻗어 보았지만 모자랐다. 검은 고양이는 고개를 갸웃, 하더니 다시 물음표를 그리며 담장 위를 달리기 시작했다.

홍이는 검은 고양이를 쫓아 한참을 달렸다. 좁은 골목의 모퉁이를 돌자 ㄷ 자 모양의 막다른 골목이 나타났다. 홍이는 숨이 차서 더 이상 움직일 수가 없었다. 확실히 고양이에 비해 홍이는 다리가 조금 모자랐다.

고양이는 어디에 있지? 분명히 이쪽이 맞는데.

홍이는 잘근잘근 입술을 깨물기 시작했다.

검은 고양이가 사라졌다. 이럴 땐 어떻게 해야 하지?

항상 범인의 눈높이에서 생각할 것!

홍이는 두 손과 두 발을 모두 땅에 대고 고양이를 찾기 시작했다. 어쩐지 지금이라면 검은 고양이를 따라잡을 수 있을 것만 같은 기분이 들었다. 담장 앞에 주차된 검은 자동차 밑을 살펴보다가 담과 자동차 사이 좁은 공간에 세워진 작은 나무판을 발견했다.

<꿈의 도서관, 마우>

글씨 아래에는 작은 화살표가 그려져 있었다. 화살표가 가리키는 방향으로 가니 곰돌이 모양의 아주 자그마한 발자국들이 바닥에 어지럽게 흩어져 있었다. 홍이는 허리를

펴고 눈앞의 건물을 올려다보았다.

우리 동네에 이런 곳이 있었나?

짙은 갈색의 메마른 담쟁이 넝쿨이 키 작은 검은색 벽돌 건물 대부분을 덮고 있었다. 건물은 마치 반듯하게 머리를 자른 사람의 옆모습 같았다. 담장과 맞붙은 움푹 들어간 얼굴 부분에는 지하로 내려가는 좁은 계단이 있었고 곰돌이 모양의 작은 발자국은 그 앞에서 멈추어 있었다. 검은 고양이는 계단을 타고 아래로 내려간 것이 틀림없었다.

아무 데나 막 들어가는 거 아니야.

엄마라면 이렇게 말하겠지?

하지만 도서관이라면 괜찮아. 책을 읽을 때마다 엄마는 늘 웃어 주니까. 게다가 도서관에서 일어날 수 있는 가장 나쁜 일은 내가 원하는 책을 누군가 먼저 빌려 갔다는 이야기를 듣는 정도이니까. 아무래도 괜찮을 거야.

홍이는 어두컴컴한 계단을 천천히 내려갔다.

3

왼쪽으로 둥글게 원을 그리며 계단을 끝까지 내려가자 커다란 검은 문이 나타났다. 힘주어 문을 열자 따뜻한 바람이 훅 뛰쳐나왔다. 홍이는 크게 숨을 들이마셨다. 쌉쌀하고 바삭바삭한 풀냄새가 코에 가득 찼다.

높은 천장에서 줄을 타고 내려온 크고 작은 조명들이 드문드문 노랗게 빛나고 있었다. 사이좋은 키 큰 나무들처럼 책장이 줄지어 서 있었고 높고 낮은 사다리들이 책장에 몸을 기대 쉬고 있었다. 모든 벽에는 계단과 징검다리 모양의 빈 선반이 달려 있었다.

그곳의 중심에는 큼지막한 나무 책상이 있었다. 무엇도 놓여 있지 않은 넓은 책상 뒤에 검은 옷을 입은 사람이 서 있었다. 분주해 보이는 그의 뒷모습을 바라보며 홍이는 입술을 잘근잘근 깨물었다.

뭐라고 말을 해야 하지? 혹시 검은 고양이를 보셨나요?

검은 고양이를 아시나요?

엄마는 늘 홍이에게 입술을 뜯지 말라고 말했다. 좋지 않은 버릇이라고 말이다. 엄마의 말에 의하면 홍이는 나중에 후회할 일이 아주 많았다. 자주 입술을 깨물고, 사용한 물건을 제자리에 놓지 않고, 또… 아무튼 조심성이 없다고 말이다.

하지만 이러면 집중력이 좋아진단 말이야. 두뇌회전에도 도움이 되는 것 같고.

홍이는 잘근잘근 입술을 깨물며 엄마를 떠올렸다.

그때, 꿈속에서나 들을 수 있을 것 같은 부드럽고 낮은 목소리가 홍이를 조용히 흔들었다.

안녕하세요. 꿈을 빌리러 오셨나요?

검은 옷을 입은 사람이 홍이를 바라보고 있었다. 시원하게 뒤로 빗어 넘긴 그의 머리카락이 솜사탕처럼 폭신해 보였다. 길고 단정한 눈썹 밑 동그란 두 눈이 노란빛 조명을 반사해 구슬처럼 빛났고, 작은 코 밑에 자리 잡은 풍성한 콧수염은 홍이를 향해 두 팔 벌린 듯했다. 홍이는 그 멋진 콧수염에게서 눈을 뗄 수가 없었다.

저는… 검은 고양이를 찾고 있어요.

아, 그럼 제대로 오신 겁니다.

네?

검은 옷을 입은 콧수염 남자는 가늘게 눈을 뜨고 웃었다.

요즈음 묘한 꿈을 꾸고 있지 않나요?

홍이는 고개를 끄덕였다.

어떻게 알았지? 콧수염만큼이나 놀라운 사람이야.

그런 꿈을 꾸고 나면 왠지 입맛도 없고 또 기운이 쭉 빠지죠. 아, 기분 좋은 꿈을 꿀 수만 있다면… 하고 간절히 원해도 막상 잠이 들면 또다시 원치 않는 꿈속으로 빠져들게 되고요.

여기는 꿈을 빌려 드리는 꿈의 도서관, 마우입니다.

그리고 저는 원하는 꿈을 꿀 수 있도록 도와드리는 사서입니다.

콧수염 남자는 오른팔을 들어 절하듯 인사했다.

안녕하세요. 저는 이홍이이고요. 그런데 혹시 검은 고양이를 보셨나요? 저….

콧수염 남자는 홍이의 말을 듣지 못했다는 듯 빠르게 말을 이어갔다.
그럼 처음 오셨으니 먼저 회원 카드를 작성해 주세요.
그는 손바닥 크기의 하얗고 딱딱한 종이와 펜을 내밀었다.

이름, 먹을 수 없는 음식, 가고 싶지 않은 장소, 무서운 사람이나 동물, 자기 전에 읽는 것을 피하고 싶은 책, 가장 듣고 싶지 않은 말, 좋아하지 않는 계절….

질문이 좀 이상한데? 하지만 도서관에 가면 회원 카드를 만들어야 하는 건 맞으니까.
홍이는 잠시 머뭇거리다가 펜을 들어 한 글자 한 글자 힘주어 적어 내려가기 시작했다.
(이홍이, 가지무침, 세상의 모든 병원, 귀신과 바퀴벌레,

그때 프리드리히가 있었다. 곱슬머리, 겨울…)

좋아하지 않는 계절 앞에서 한참을 망설였지만 끝까지 빈 칸을 다 채우고 나니 마치 큰일을 해낸 것처럼 뿌듯한 느낌이 들었다.

콧수염 남자는 회원 카드를 읽으며 콧수염의 한쪽 팔을 희고 긴 손가락으로 말아 쥐고 한 방향으로 꼬기 시작했다. 콧수염은 멋들어지게 하늘 위로 뱅글뱅글 말려 올라갔다.

초심자에게는 이 꿈을 추천해 드리고 싶네요.

그는 복잡하게 칸이 나누어진 가장 커다란 책장으로 다가갔다. 깊숙한 칸막이 안쪽은 어둠에 가려져 무엇이 있는지 잘 보이지 않았다. 폭이 넓은 나무 사다리를 타고 꼭대기까지 천천히 올라갔다 내려온 그의 팔에는 잠을 자고 있는 하얀 고양이가 안겨 있었다.

책을 빌려 주시는 줄 알았어요.

홍이는 하얀 고양이를 바라보며 말했다.

이런 말이 있습니다. 모든 사람의 인생은 한 권의 책과도 같다. 들어 본 적 있으시죠?

네? 음. 그런 것 같아요.

거짓말. 열 살 인생에서 처음 듣는 말이었다.

모든 고양이의 일생도 그렇습니다. 어떤 면으로는 더 흥미롭지요.

그런데 고양이를 어떻게 읽어요?

한 발짝 앞으로, 홍이가 다가갔다.

베게 위 머리맡에 잘 놔 주세요. 그리고 그 밑에 누워 고양이를 모자처럼 쓰고 잠이 들면 됩니다.

네? 모자요?

홍이의 목소리가 커졌다.

해 보면 알게 될 겁니다.

콧수염 남자는 또 눈을 가늘게 뜨고 웃었다.

하지만 왜 고양이인가요? 다른 동물도 많잖아요.

홍이는 해달을 떠올렸다.

코알라나 사막여우, 아니면 고슴도치도 좋을 것 같은데.

고양이는 하루 열여덟 시간 이상을 자는 동물입니다. 꿈에는 고양이를 이길 수가 없지요. 그 방면으로 명성이 높은 나무늘보도 있기는 합니다만 그다지 추천해 드리고 싶지는 않습니다. 늦잠을 자게 될 수도 있으니까요.

콧수염 남자는 사뭇 진지한 표정으로 하얀 고양이를 쓰다듬었다.

그래서 이 곳의 이름을 꿈의 도서관 마우로 지었답니다. 고대 이집트어로 마우는 고양이를 뜻하거든요.

그럼 고양이랑 꿈에서 만나게 되나요?

홍이는 당장이라도 손을 뻗어 콧수염 남자처럼 하얀 고양이를 만져 보고 싶었다.

맞습니다. 함께 꿈을 꾸는 거지요. 고양이와 꿈을 공유하는 거예요.

그럼 하얀 고양이의 이름은 뭐예요? 음, 책 제목? 꿈 이름? 뭐라고 불러야 해요?

홍이의 몸이 살며시 앞으로 기울었다.

공식적으로는, 이름이 없습니다. 도서관의 꿈은 우리 모두의 것이지요. 이름이 없어야 모두가 같은 꿈을 빌리면서도 각자 다른 자신만의 꿈을 꿀 수 있어요.

물론, 숨겨진 이름은 있습니다만 알려드리지 않는 것이 원칙입니다. 만약 이름을 부르게 되면 그 고양이는 도서관으로 다시 돌아올 수 없어요. 이름을 부른 사람과 함께 살아가며 그 사람만을 위한 꿈이 됩니다.

콧수염 남자는 콧수염을 쓰다듬으며 부드럽게 말했다.

그렇지만 나도 모르게 그 이름을 말하게 되면요?

만약 누군가가 이름을 부르면 우리는 어떻게 하지요?

네, 라고 대답해요.

맞아요. 자신의 이름을 들은 꿈도 바로 그렇게 대답할 거예요.

네?

홍이는 누군가 자신의 이름을 부르기라도 한 듯 소리쳤다. 콧수염 남자의 말은 쉬운 듯 어려웠다.

이름을 안다는 것, 알게 된다는 것. 그것은 고귀한 일이지요. 그러나 그만큼의 책임이 뒤따릅니다.

명심하세요. 고양이의, 꿈의 이름을 부르지 않도록 조심해야 합니다.

콧수염 남자는 길고 흰 두 번째 손가락을 들어 좌우로 흔들면서 말했다.

어느새 잠이 깬 고양이는 책상 위에 두 발을 나란히 모으고 앉아 있었다. 홍이는 한 올 한 올 반짝거리는 하얗고 긴 털을, 동그랗게 빛나는 푸른 두 눈을 바라보았다.

마치 지구 같아. 우주에서 바라본, 지구.

만져 봐도 되나요?

그럼요. 먼저 코끝에 손가락을 천천히 대 보세요. 이렇게 인사부터 하고.

콧수염 남자가 시범을 보였다.

홍이의 가슴이 두근거렸다. 고양이를 만져 보는 것은 처음이었다. 물론 꿈을 만져 본 적도 없었다. 하얀 고양이는 턱을 앞으로 살짝 내밀고 푸른 눈을 가늘게 떴다. 턱 밑을 가만히 쓰다듬으니 손가락 끝에서 으르렁하는 울림이 느껴졌다. 홍이는 깜짝 놀라 손을 뗐다.

화가 난 건가?

겁에 질린 홍이의 표정을 본 콧수염 남자는 빙긋 웃으며 다정하게 말했다.

그건 고르릉 소리예요. 기분이 좋을 때면 이렇게 고르릉 고르릉 몸을 울리곤 하지요.

우리가 웃는 것과 비슷할지도 몰라요.

고르릉 고르릉 하며 웃는 꿈이라니, 모자처럼 나를 감싸 주는 고양이라니!

홍이의 벌어진 입이 다물어지지 않았다.

고양이와 함께 꿈을 공유한다고? 그런 이야기는 상상도 못 해 봤어.

그럼 오늘 밤, 우리는 어떤 꿈을 꾸게 될까?

홍이는 하얀 고양이를 안고 오른쪽으로 둥글게 원을 그리며 계단을 올라갔다.

도서관 앞 골목의 가로등이 차례로 노랗게 눈을 떴다. 하늘은 어느새 하품하는 고양이의 입 속처럼 붉게 변해 있었다.

4

집 안은 접시가 달그락거리는 소리와 달콤하고 짭짤한 공기로 가득 차 있었다.

홍이 왔니? 어디 갔다 이제 오는 거야. 어서 가서 손 씻고 와. 오늘 저녁은 불고, 기… 아니 그게 뭐니?
엄마는 홍이와 고양이를 번갈아 바라보았다.
책.
뭐?
엄마의 눈꼬리가 위로 올라갔다.
맞다. 꿈을 빌려 왔어. 도서관에서 꿈을 빌려 온 거야.
이 고양이를 베게 위에 올려놓고 모자처럼 쓰고 잠이 들면 멋진 꿈을 꿀 수 있대.
엄마의 눈썹과 눈썹 사이에 세 개의 깊은 금이 그어졌다.
얘가 무슨 말도 안 되는 소리를 하고 있어. 너 고양이 얻어 온 데가 어디야? 누가 애한테 그런….
엄마는 홍이의 손을 잡고 집을 나섰다. 고양이를 돌려줘야 한다고 몇 번이나 말하면서. 홍이는 엄마의 시장 가방에 고양이를 넣고 가방 끈을 자신의 목에 걸었다. 두 팔로 고양이를 감싸 안으니 얇고 매끄러운 가방 사이로 하얀 고양이의 콩닥거리는 작은 심장이 느껴졌다. 홍이와 하얀 고양이와 엄마는 아파트 정문을 지나 왼쪽으로, 어린이집을 지나 또 왼쪽으로, 냄새도 불빛도 꺼진 빵집을 지나 왼쪽오른쪽으로 모두 가 보았지만 꿈의 도서관을 찾을 수는 없었다. 검은 벽돌 건물도, 왼쪽으로 돌아 내려가는 계단도 보이지 않았다.

분명히 여기 어디에 있었는데. 진짜야. 검은 옷을 입고 멋진 콧수염이 있는 사람이….

엄마는 어두컴컴한 막다른 골목을 바라볼 뿐, 별다른 말이 없었다. 홍이는 구겨진 햄버거 포장지 같은 엄마의 얼굴을 보며 생각했다.
도서관은 어디로 도망이라도 간 걸까? 그 검은 고양이가 그랬듯 이 골목 어딘가에 숨어 있을지도 몰라.

밤이라서.

엄마는 한숨을 쉬며 말했다.

엄마와 홍이는 하얀 고양이와 함께 집으로 돌아왔다. 불고기는 차갑게 식어 있었다.

내일 일어나자마자 바로 도서관 찾아서 고양이 돌려주고 오는 거야. 알겠지?

엄마의 말에 홍이는 건성으로 고개를 끄덕였다. 곧장 방으로 들어가 베게 위에 하얀 고양이를 내려 주었다. 고양이는 반짝이는 푸른 두 눈을 끔뻑 감았다가 떴다.

홍이는 조심스레 고양이 밑에 누웠다. 머리 위 고양이가 모자처럼 홍이를 감싸 주었다. 숨을 쉴 때마다 하얗고 긴 털들이 물결치듯 흔들리며 기분 좋게 뺨을 어루만졌다. 홍이는 손을 머리 위로 뻗어 고양이를 쓰다듬었다.

고르릉 고르릉 소리와 함께 작은 떨림이 리듬에 맞춰 반복되었다. 솜씨 좋은 누군가가 부드럽고 두터운 천으로 아주 작은 엔진을 만들어 고양이의 몸속에 넣어 놓은 것만 같았다.

고르릉 고르릉, 고르릉 고르릉.

하얀 고양이가 시동을 걸었다.

푸른 바다에는 하얗게 부서지는 파도 소리가 가득했다.
가끔은 끼룩, 하며 돌고래가 지나갔다. 부드럽게 떨리는
뱃머리에 물새가 앉아 오르락내리락하고 있었다.

하얀 고양이와 홍이는 작은 배를 타고 어디론가 가고 있
었다. 하얀 고양이는 삼각형을 닮은 커다랗고 멋진 모자
를 쓰고 배의 방향키를 쥐고 있었다.

봐 봐라. 너 바다에서 가장 중요한 게 뭔지 아니?

하얀 고양이가 근엄한 표정으로 물었다.

그게 뭔데?

좌우로 흔들리며 홍이는 물었다.

파도를 두려워하지 않는 거야.

바다는 작은 파도, 큰 파도, 중간 파도. 이런저런 파도들
로 이루어져 있지.

파도가 곧 바다인 거야. 바다가 곧 파도인 거야.

여기를 봐도 저기를 봐도 파도를 피할 수는 없어.

그렇다면 파도에 몸을 맡기는 수밖에.

하얀 고양이가 몸을 돌려 홍이와 마주 보았다.

파도에 몸을 맡긴다고?

그래. 우선 몸에 힘을 빼고 파도를 기다려. 오고 가고, 또 오는 파도 중에 나를 데려가 줄 파도가 분명 있다고 생각해 보는 거야. 두려워하지 말고.

홍이는 하얀 고양이의 눈을 바라보았다. 온 세상이 홍이만 빼고 모두 푸르렀다. 하늘도, 바다도, 머리 위의 태양도. 고양이의 등 뒤에서 커다란 파도가 다가오고 있었다. 배를 삼킬 정도로 커다란 파도가. 하지만 홍이는 정말로 하나도 두렵지 않았다. 두근대는 홍이의 심장 소리가 배 안을 가득 채웠다. 파도가 홍이와 하얀 고양이의 머리 위를 뛰어 넘는 순간, 모든 것이 멈추었다. 홍이는 손을 뻗어 머리 위 반짝이는 파도를 만져 보았다. 손가락 끝이 파랗게 물들기 시작했다.

쿵! 홍이는 침대에서 떨어지며 잠에서 깼다.

아얏,

아픈 것도 잊고 서둘러 손을 확인했다. 손바닥에는 하얀 털이 한 움큼 붙어 있었다. 그 외에는 모두 평소와 다르지 않았다. 홍이는 털 뭉치를 집어 들고 고개 들어 침대 위를 바라보았다. 하얀 고양이는 쌔근거리며 잠을 자고 있었다. 하얗게 부서지는 아침 햇살을 받으면서.

여느 때와 다를 것 없는 아침이었다. 하얀 그릇 위에 정갈하게 놓인 반찬들, 자로 잰 듯 언제나 같은 위치에 놓인 그릇과 수저.

홍이는 입맛을 다셨다. 노르스름한 배추속을 넣어 끓인 된장국은 달고 고소했고 고등어구이는 오늘따라 바삭바삭했다. 홍이가 밥 한 그릇을 남김없이 다 먹는 것을 보고 엄마의 눈이 조금 커졌다. 사라지는 파도처럼 하얀 거품이 이는 수세미로 그릇을 닦으면서 엄마가 말했다.

오늘 집에 늦게 올 거야. 그러니까 홍이 네가 고양이를 꼭 돌려주고 와야 해. 알겠지?

고개를 끄덕이는 홍이를 바라보며 엄마는 한 번 더 말했다.

꼭이야.

5

꿈은 마음에 드셨나요?

콧수염 남자는 홍이를 기억하고 있었다. 홍이는 고개를
끄덕이며 하얀 고양이를 반납했다.

예상보다 쉽게 꿈의 도서관에 도착했다. 검은 고양이를
처음 만났던 곳, 한 조각 햇빛이 머물던 담장을 발견한 이
후로는 그리 어려울 것이 없었다. 담장 근처 바닥에는 옅
은 얼룩들이 여기저기 번져 있었다.

단 하나의 단서도 놓칠 수는 없지.

홍이는 몸을 숙여 얼룩을 꼼꼼히 들여다보았다. 얼핏 보
면 그저 어지럽게 물이 튄 자국 같았다. 자세히 바라보니
곰돌이 모양의 작은 발자국이라는 것을 알 수 있었다. 홍
이는 조약돌을 주워 길을 찾는 아이처럼 발자국을 따라갔
다. 발자국의 일부는 지워져 있고 가끔은 새들의 크고 작
은 발자국과 겹쳐지기도 해서 조금 헤매었지만 홍이는 무
사히 꿈의 도서관을 찾을 수 있었다.

어젯밤에는 왜 찾을 수 없었던 걸까? 그리고 검은 고양이는 어디에 있는 거지?

홍이는 곰돌이 모양 발자국을 떠올렸다. 그리고 아쉽지만 이제 꿈을 빌려 가는 일은 할 수 없을 것 같다고 말하려는 순간,

오늘은 이 꿈을 추천해 드리겠습니다.

홍이가 미처 대답할 틈도 없이 콧수염 남자는 민첩하게 몸을 돌렸다. 책상 뒤 작은 책장의 가장 낮은 단을 향해 몸을 숙이더니 작은 귀의 끝이 살짝 접혀있는 붉은 갈색의 줄무늬 고양이를 안고 돌아왔다. 붉은 갈색 줄무늬 고양이는 잠에서 막 깬 듯 눈을 부릅뜨고 몹시 불만스러운 표정이었다.

나 때문에 잠이 깨다니, 이만저만 미안한 일이 아닌 걸….

다시 들어가서 자라고는 홍이는 차마 말할 수 없었다. 게다가 고양이는 잠시 두리번거리더니 책상 위에 올려놓은

가방 속으로 쏙, 들어가 버리고 말았다. 홍이는 붉은 갈색 줄무늬 고양이가 들어 있는 가방을 안고 도서관에서 나왔다. 집으로 걸어가는 홍이의 얼굴에 미소가 번졌다.

어쩔 수 없이 고양이를 데려오긴 했지만 새벽까지는 엄마가 집에 없으니까.
엄마의 구겨진 얼굴을 떠올리며 홍이는 붉은 갈색 고양이에게 걱정 말라고 말해 주었다. 고양이는 그 말을 알아 듣는지 아닌지 잠에서 덜 깨 그런지 계속 부루퉁한 얼굴이었다. 아직 잠을 자기에는 이른 시간이지만 하품을 하는 고양이를 안고 있으니 홍이도 자꾸만 하품이 났다.

홍이는 붉은 갈색 줄무늬 고양이를 베게 위에 올려놓았다. 고양이는 킁킁, 작은 코를 벌름대다가 제자리에서 몇 바퀴 빙빙 돌더니 이내 자신의 한쪽 팔을 베고 모로 누웠다. 조심스레 그 밑에 따라 누운 홍이를 머리 위 고양이가 모자처럼 따뜻하게 감싸 주었다. 붉은 갈색 줄무늬 고양이의 자그마한 콧구멍에서 나오는 콧김이 홍이의 귀를 간

지럽혔다. 홍이는 손을 머리 위로 뻗어 고양이의 부드러운 짧은 털을 쓰다듬었다.

고르릉 고르릉 소리와 함께 작은 떨림이 리듬에 맞춰 반복되었다. 중간중간 쌕쌕 하고 작은 콧김이 끼어들었다.

고르릉 고르릉, 쌕쌕. 고르릉 고르릉, 쌕쌕.

붉은 갈색 줄무늬 고양이가 시동을 걸었다.

타닥, 하고 타오르는 장작의 열기로 주변이 훈훈했다. 불그스름하게 물든 나무 문 밖에서 쓰르- 하고 풀벌레가 울었다.

붉은 갈색 줄무늬 고양이와 홍이는 오두막의 작은 난로 앞에 나란히 앉아 있었다. 붉은 갈색 줄무늬 고양이는 꼭대기에 작은 방울이 달린 털모자를 쓰고 있었다.

봐 봐라. 너 고구마를 구울 때 가장 중요한 게 뭔지 아니?

긴 나무 막대기로 타오르는 불꽃 속의 고구마를 뒤적이면서 붉은 갈색 줄무늬 고양이가 말했다.

뭔데?

홍이는 나무 막대기를 허공에 휘저으며 물었다.

항상 코를 열어 둘 것.

고양이가 콧구멍을 벌름거리며 말했다.

코를 연다고?

홍이는 붉은 갈색 줄무늬 고양이를 따라 코를 찡긋거렸다. 홍이의 얼굴이 우스꽝스럽게 일그러졌다.

그래. 눈을 뜨고, 귀를 열 듯이 코에 기운을 모으는 거야.

그러면 뻥! 코가 열리는 순간이 오지.

사람들은 말이야 가장 중요한 것들을 잊고 종종 다른 일들에 정신이 팔리고는 한다.

지금 이 순간에 집중해야 하는데 말이야.

중요한 것은 고구마를 맛있게 굽는 것 아니야?

그렇다면 코를 여는 것보다 더 정확한 방법은 없지.

고양이는 자신의 코를 가리키며 말했다. 달콤한 냄새가 홍이의 코를 간질였다.

그리고 달달하고 고소한 냄새가 씁쓸하게 변해 가려는 그때, 꺼내는 거야. 바로 지금처럼.

잊지 마, 가장 중요한 것은 하나야. 지금 이 순간에 집중
하는 것.

누구도 숯덩이가 된 고구마를 원하지는 않으니까 말이지.

붉은 갈색 고양이는 김이 모락모락 나는 고구마를 난로에
서 꺼내 콧김으로 후후 식히고는 반으로 갈라서 홍이에게
한 쪽을 건네주었다. 홍이도 고양이를 따라 콧김을 불었
다. 노란 속살의 군고구마는 깜짝 놀랄 만큼 달콤했다.

홍이는 빠짝 눈을 떴다. 붉은 갈색 줄무늬 고양이는 자그
마한 콧구멍으로 쌕쌕 따뜻한 콧김을 내며 홍이의 머리
위에서 자고 있었다. 홍이는 고양이의 이마로 얼굴을 가
져가 살며시 코를 열어 보았다. 봄날 오후의 놀이터 냄새
와 갓 구운 식빵 냄새가 났다.

홍이는 입맛을 다시며 부엌으로 갔다. 냉장고에서 막 꺼
낸 물은 시원하고 달았다. 한 잔 더 마시고는 엄마의 방으
로 갔다. 두 눈을 꼭 감고 있는 엄마의 눈썹과 눈썹 사이
에 세 줄의 금이 그어져 있었다.

엄마는 꿈 속에서도 얼굴을 찌푸리고 있을까?

홍이는 붉은 갈색 줄무늬 고양이를 데리고 와서 엄마의 머리 위에 슬그머니 올려놓았다.

눈을 뜨니 아침이었다. 붉은 갈색 줄무늬 고양이는 다시 홍이의 머리 위에서 자고 있었다.

언제 돌아온 거지? 분명히 새벽에 엄마에게 씌워 주었는데. 그것도 꿈이었나?

방 안은 고소한 냄새로 가득했다. 홍이는 코를 벌름거리며 부엌으로 걸어갔다. 지글지글 기름이 튀는 계란을 뒤집으며 엄마는 콧노래를 부르고 있었다.

지금 엄마가 노래 부르는 거 맞아?

홍이는 자신의 귀를 의심했다.

잘 잤니?

싱긋 웃는 엄마의 얼굴이 삶은 계란처럼 하얗고 매끄럽게 빛났다.

엄마 꿈은? 꿈은 꿨어?

홍이는 엄마에게 다가가며 물었다.

글쎄? 기억이 잘 안 나는데.

잘 생각해 봐봐. 무슨 꿈 안 꿨어?

꾼 것 같기도 하고, 아닌 것 같기도 하고. 그나저나 너 이
제 얼마 후면 개학인데 학교 갈 준비는 다 했어?

빵과 계란을 접시에 올리며 엄마는 말했다.

이거 먹고 더 먹어. 그리고,

엄마는 작고 오목한 종지에 담은 삶은 닭 가슴살과 찰랑
찰랑하게 물이 담긴 투명한 유리그릇을 내밀었다.

이건 고양이 밥. 어쨌든 뭘 먹어야 하지 않겠니. 그렇지만
이제 고양이는 그만 데려오는 거야. 약속해, 이홍이!!!

6

검은색 벽돌 건물의 좁은 계단을 내려간다. 왼쪽으로, 왼쪽으로 한참을 둥글게 돌아 내려간다. 문을 열자 쌉싸름한 마른 풀 냄새와 먼저 마주쳤다. 홍이는 한껏 코를 열었다. 낮은 음의 현을 울리는 악기 소리가 도서관 안에 부드럽게 퍼지고 있었다. 빙글빙글 돌아가는 레코드판이 콧수염 남자의 자리를 차지하고 있었고 주변에는 아무도 없었다. 홍이는 책상 위에 가방을 올려놓았다. 작고 동그란 배가 볼록 튀어 나온 붉은 갈색 줄무늬 고양이가 가방에서 나와 잠시 두리번거리더니 이내 벌렁 누워 잠이 들었다. 어디선가 두런두런 이야기하는 소리가 들렸다. 홍이는 발뒤꿈치를 들고 안쪽의 책장으로 살금살금 다가갔다.

지난번 그 친구 말이야, 그…
높고 날카로운 목소리가 말했다.
…말씀이십니까?
낮고 부드러운 음성. 책장에 반쯤 가려진 콧수염 남자의 옆모습이 보였다.

그래, 맞아. 아름다운 뱃살이 인상적이었지. 그 집에 들어간 이후의 소식은?

순조롭습니다. 말씀하신 대로예요.

클클클클….

높고 날카로운 목소리가 만족스러운 듯 웃었다.

다른 …도 문제없이 진행되고 있습니다. 며칠 전의 꿈 기억나시죠?

암, 기억하고말고. 우리의 꿈 중 최고였어. 잊을 수 없을게야.

…의 이름은 특별하니까요.

누구랑 이야기하고 있는 거지?

높고 날카로운 목소리의 주인공은 홍이가 있는 곳에서는 보이지 않았다. 몸을 숨기고 있던 사다리 뒤에서 나와 홍이가 앞으로 한 발자국 다가가던 그 순간, 지지직! 하는 높고 날카로운 소리와 함께 갑자기 음악이 멈추었다. 깜짝 놀란 홍이의 숨소리만이 멈추지 못하고 책장 사이를 돌아다녔다. 홍이는 주변을 둘러보던 콧수염 남자와 눈이 마주치고 말았다.

흠흠.

콧수염 남자는 목을 가다듬으며 재빠르게 홍이에게 다가왔다. 그때, 그의 그림자가 반대편으로 달아나는 것을 홍이는 보았다.

그림자가 아니라 작은 꼬리인가?

순식간에 일어난 일이었다. 홍이는 눈을 감았다가 다시 떠 보았다. 성큼, 콧수염 남자는 어느새 홍이의 코앞에 서 있었다.

오셨군요.

그는 미소를 가득 띤 얼굴로 홍이를 커다란 책상으로 안내했다. 사뿐사뿐 걸어가는 그의 발뒤꿈치에는 짙은 그림자가 단단히 붙어 있었다. 홍이는 고개를 돌려 콧수염 남자가 조금 전까지 서 있던 자리를 훑어보았다. 그곳에는 아무도 없었다.

어때요, 멋진 꿈이었나요?

붉은 갈색 줄무늬 고양이를 낮은 선반에 데려다주고 돌아온 콧수염 남자가 물었다.

네. 맛있었어요.

홍이는 군고구마의 달콤한 맛을 떠올렸다. 따뜻한 고양이의 콧김도. 오늘은 또 어떤 꿈을 꾸게 될지 몹시 기대된다고 말하고 싶었다. 그러나 오늘도 꿈을 빌려 집에 간다면 엄마가 몹시 화를 낼 거라는 생각이 들었다.

하지만 아직 내 초록 모자를 찾지 못했는데 이대로 고양이들을 포기한다면 또다시 이상한 꿈을 꾸게 될 거야.

홍이는 입술을 잘근잘근 씹으며 고민에 빠졌다.

역시 그렇군요.

콧수염 남자가 콧수염의 한쪽 팔을 잡아당기며 말했다. 그는 잠시 뱅글뱅글 콧수염을 돌리더니 가장 커다란 조명 밑의 책장으로 다가갔다. 사다리를 오르락내리락하며 분주하게 움직이다가 검은 얼굴에 하얗고 풍성한 콧수염 무늬가 있는 고양이를 데려왔다. 밤하늘의 별처럼 이마에

드문드문 자리 잡은 하얀 점들이 인상적이었다. 검은 재킷 안에 하얀 셔츠를 입고 쭉 뻗은 검은 다리엔 하얀 양말 네 개를 모두 챙겨 신은 신사 같은 고양이였다.

멋진 턱시도를 입은 꿈입니다. 오늘의 분위기와 무척 잘 어울리죠.

콧수염 남자가 정중한 태도로 고양이를 가리켰다.

멋진 콧수염이다. 하얀 양말도 잘 어울려. 마치…

아저씨 같아요.

홍이는 자신도 모르게 외쳤다.

흠흠. 콧수염 남자는 얼굴을 분홍빛으로 물들이며 헛기침을 했다.

그렇군요. 한 알의 모래알에서도 빛나는 보석을 발견할 수 있다고 했습니다.

네? 모래요?

홍이가 고개를 갸우뚱하며 말했다.

콧수염 남자는 콧수염을 쓰다듬으며 말을 이었다.

사람들은 겉으로 보이는 것만 생각하고 자신이 아는 것만 믿으려 하지요. 그러나 우리가 만나는 모든 존재에게는 다른 이들이 모르는 또 다른 이야기가 있답니다.

그럼 그 또 다른 이야기를 읽으려면 어떻게 해야 하나요?

어렵지 않아요. 모든 것은 마음에 달려 있지요. 두근거리는 마음으로 바라본다면.

콧수염 남자는 거울을 바라보듯 허리를 굽혀 책상 위의 턱시도 고양이와 마주 보았다. 턱시도 고양이는 풀쩍, 책상에서 뛰어 내려와 몸을 부르르 털더니 꼬리 끝을 바짝 세우고 홍이의 다리 사이를 스쳐 지나갔다.

그런데 아까 그 높고 날카로운 목소리는 누구지? 요새 이상한 일들이 한두 개가 아니야. 초록 모자, 검은 고양이, 높고 날카로운 목소리까지. 모두 순식간에 사라져 버렸어. 사라진 것들은 도대체 어디로 가는 걸까? 내가 모르는 또 다른 이야기는 뭘까.

턱시도 고양이를 안고 집으로 가면서 홍이는 생각에 잠겼다.

7

턱시도 고양이는 베게 위로 올라가 세수를 하기 시작했
다. 앞발을 동그랗게 말아 쥐고 마치 아이스크림이라도
먹듯 맛있게 핥다가 눈을 비볐다. 다시 열심히 아이스크
림을 먹다가 귀 뒤를 꼼꼼히 닦았다. 고개를 한껏 돌려 발
이 닿지 않는 등 뒤의 털 한 올 한 올을 정성스레 핥았다.
딱, 딱 소리를 내며 발톱 하나하나를 힘차게 물어뜯었다.
한참을 공들여 치장하니 온몸에 윤기가 흐르고 반짝반짝
빛이 났다.

역시, 멋쟁이가 되는 길은 쉽지 않구나.
홍이가 고개를 끄덕이며 말하자 턱시도 고양이가 홍이를
쳐다보았다.
있지, 고양아. 세수하기 싫은 날이 있잖아. 침대에서 나가
고 싶지 않은, 물에 손가락 하나도 담그고 싶지 않은 그런
날 말이야.
턱시도 고양이는 아리송한 표정으로 홍이를 바라보았다.

그럴 때 나는 대충 얼굴에 살살 물을 묻히거든? 감쪽같지 않아? 엄마는 그게 고양이 세수라고 했어. 비누로 꼼꼼하게 씻어야 한다고 잔소리를 했지. 하지만 엄마는 고양이가 세수하는 것을 진짜로 보지는 못한 모양이야. 너처럼 열심히 해야 하는 게 고양이 세수라면 내 쪽에서 사양하겠어.

홍이는 고개를 좌우로 흔들었다.

세수를 끝낸 턱시도 고양이는 꼬리를 좌우로 몇 번 우아하게 흔들어 보더니 하얀 양말을 신은 두 발을 가지런히 앞으로 내밀고 베게 위에 엎드렸다.

홍이는 조심스레 그 밑에 누웠다. 머리 위 고양이가 모자처럼 포근하게 감싸 주었다. 베게 밑으로 내려온 턱시도 고양이의 꼬리가 홍이의 코 밑에 수염을 만들어 주었다. 간질간질하고 풍성한 수염을. 홍이는 콧수염 남자를 떠올렸다.

나도 그런 멋진 수염을 가질 수 있을까?

최고의 콧수염을 가진 사람. 일기장에 적어 둬야지. 내가 되고 싶은 것의 목록 제일 위에. 물론 순위는 계속 바뀌기는 하지만.

홍이는 손을 머리 위로 뻗어 고양이의 털을 부드럽게 쓰다듬었다. 고르릉 고르릉 소리와 함께 작은 떨림이 리듬에 맞춰 반복되었다. 중간중간 탁, 탁 하고 꼬리를 흔드는 소리가 끼어들었다.

고르릉 탁탁, 고 탁, 르릉 탁. 고르릉 탁탁, 고 탁, 르릉 탁.

턱시도 고양이가 시동을 걸었다.

넓은 마룻바닥 위로 경쾌한 음악이 울려 퍼졌다. 가끔은 아얏, 하고 투덜거리는 작은 목소리가 들렸다.

턱시도 고양이와 홍이는 춤을 추는 사람들 가운데 있었다. 연극 무대처럼 눈부신 동그란 빛이 둘을 비추었다. 턱시도 고양이는 우아하게 휘어진 챙이 달린 긴 원통 모양의 검은색 모자를 쓰고 나비넥타이를 매고 있었다. 홍이는 두리번거리며 주변을 둘러보았다. 모두 화려한 옷을 갖춰 입고 색색의 다양한 모자를 쓰고 있었다. 홍이의 손이 머리로 향했다.

나만 빼고 모두 다 모자를 쓰고 있어. 어떻게 하지?
홍이는 당황하며 말했다.
턱시도 고양이는 홍이를 지그시 바라보며 말했다.
춤을 추는데 모자는 중요하지 않아. 우린 그저 멋을 내고 싶었을 뿐이야.
그렇지만 나도 멋지고 싶은 걸!
턱시도 고양이가 홍이 목의 넥타이를 고쳐 매 주며 말했다.
괜찮아. 너는 지금 이대로도 근사해. 모자는 필요 없어.
네 머리카락을 봐! 벌써 아름답게 춤을 추고 있잖아.
내 머리카락이 춤을 춘다고?
그래. 봐 봐라. 그렇다면 너 춤을 출 때 가장 중요한 게 뭔지 아니?
그게 뭔데?
홍이는 머리카락을 만지작거리며 물었다.

적당한 거리를 유지할 것.

턱시도 고양이는 모자를 살짝 들어 보였다.

상대의 발을 밟지 않을 정도의 거리, 그러면서도 서로의 눈을 바라보고 손을 마주 잡고 함께 빙그르르 원을 돌 수 있을 그런 거리를 유지하는 것.

적당한 거리?

홍이의 얼굴이 반짝이며 돌아가는 색색의 조명 빛으로 물들었다.

그래. 우리 고양이들은 거리 두기가 어떤 것인지 아주 잘 알고 있지. 혼자 춤을 출 때와 함께 춤을 출 때가 언제인지도 알고 말이야.

그럼 지금은?

홍이는 이렇게 많은 사람들 앞에서 춤을 춰 본 적이 없었다. 혼자서도 둘이서도. 홍이의 가슴이 머뭇거리며 두근거렸다.

물론 지금은 함께 춤을 춰야 할 때지.

턱시도 고양이는 꼬리를 팔자 모양으로 부드럽게 흔들고 발뒤꿈치를 서로 가볍게 부딪혔다.

이렇게!!!!

턱시도 고양이는 홍이의 두 손을 잡고 찡긋, 한쪽 눈을 감았다가 떴다.

둥 탁탁 둥 탁탁 리듬에 맞춰 둘은 춤을 추기 시작했다. 자연스레 발이 움직였다. 빙그르르 돌아가는 홍이의 몸은 날아갈 듯 가벼웠고, 붉은 곱슬머리는 부드럽게 흩날렸다. 가끔 홍이가 중심을 잃을 때면 턱시도 고양이의 꼬리가 잡아 주었다. 둘이 함께 동그란 원을 그릴 때마다 웃음이 비눗방울 터지듯 터졌다.
서로의 발은 한 번도 밟지 않았다.

홍이는 웃음을 터트리며 잠에서 깨어났다. 방울방울 피어난 무지개빛 웃음들이 빙그르르 돌며 방 안을 떠다녔다. 턱시도 고양이는 방 한구석을 노려보더니만 갹갹갹- 하고 빠르고 짧게 목을 떨며 이상한 소리를 냈다.

왜, 무슨 일이니?

엄마가 하얗게 김이 나는 국자를 손에 들고 홍이의 방으로 뛰어 들어왔다.

아, 아니야, 아무것도.

턱시도 고양이를 몸 뒤에 감추며 홍이가 얼버무렸다.

엄마는 잠시 홍이의 눈을 빤히 바라보더니 방 안을 둘러보았다.

홍이는 다급하게 말을 이었다.

엄마 그거 알아? 아침에 일어나자마자 크게 세 번 웃으면 행운이 찾아온대. 엄마도 해 봐.

그래?? 처음 들어 보는데.

고개를 갸우뚱하며 엄마가 말했다.

하나둘 사라지는 웃음들을 바라보며 홍이는 생각했다.

그럴 수밖에. 그건 지금 그냥 지어낸 말이니까. 엄마가 턱시도 고양이를 보는 것은 위험해. 또 이마에 금을 그을지도 몰라. 얼른 다른 곳으로 관심을 돌려야지.

일어났으면 얼른 나와서 닭죽 먹어. 그리고,

그리고?

고양이도 데리고 나와.

퐁, 하고 터지며 마지막 웃음이 사라졌다.

왜?

홍이는 엄마의 이마를 바라보았다. 방금 막 껍질을 깐 삶은 계란처럼 매끈했다.

왜긴 왜야. 같이 아침 먹어야지. 거실에 고양이 화장실 사다 놨으니까 일 보게 내보내 주고. 얼른 나와, 죽 식겠다!

엄마는 힐끗 턱시도 고양이를 바라보더니 부엌으로 돌아갔다.

홍이는 베게 위에서 세수를 하고 있는 고양이를 바라보았다.

우리 엄마 뭔가 달라진 것 같지 않아?

한쪽 뒷다리를 높이 치켜들고 몸을 단장하던 턱시도 고양이가 고개를 들어 홍이를 바라보았다. 자신은 아무것도 모른다는 듯 태연한 얼굴이었다.

8

오늘은….

콧수염 남자가 말을 채 끝내기도 전에 홍이는 턱시도 고양이를 책상에 내려놓고 물었다.

혹시 제가 꿈을 고를 수도 있나요?

그럼요. 특별히 원하는 꿈이라도 있나요?

가방에서 나온 턱시도 고양이가 콧수염 남자의 손가락 끝에 자신의 코를 슬며시 부볐다.

저…. 찾고 싶은 것이 있어요.

도서관으로 오는 내내 홍이는 잃어버린 모자를 떠올렸다. 몇 번이고 빨아서 색이 바래진, 안으로 살짝 휘어진 모자 챙의 안쪽에 자신의 이름이 새겨져 있는 초록 모자를. 꿈에서 본 모자들과 모자가 없어도 홍이는 괜찮을 거라던 턱시도 고양이의 말도 자꾸만 생각이 났다.

그렇지만 아직 나는 모자가 필요해. 내 머리카락들은 때를 가리지 않고 춤을 추니까. 춤을 춰야 할 때가 있고 아닐 때가 있는데 말이지.

그렇군요.
콧수염 남자는 콧수염의 한쪽 팔을 희고 긴 손가락으로
말아 쥐고 한 방향으로 꼬기 시작했다. 더 이상 꼬아지지
않을 만큼 충분히. 그러고는 다시 콧수염의 다른 쪽 팔을
말았다. 콧수염은 두 팔 벌려 하늘 위로 뱅글뱅글 말려 올
라갔다.
콧수염 남자는 책장의 칸막이들을 하나하나 들여다보았
다. 도서관을 가로지르며 모든 책장을 꼼꼼하게 확인하고
가장 구석에 위치한 마지막 책장에서 주황색과 흰색, 검
은색이 섞인 털을 가진 삼색 고양이를 데려왔다.

무언가를 찾기 위해서는 약간의 운이 필요하답니다.
예로부터 삼색 고양이는 행운을 가져다준다고 했죠. 분명
도움이 될 겁니다.
행운이라고?
훙이는 두 눈을 동그랗게 떴다.

콧수염 남자는 삼색 고양이를 책상 위에 내려놓았다.

무척 신비로운 꿈입니다. 계절마다 털의 모양도 달라지고 아침과 저녁마다 눈동자도 변한답니다.

눈동자가 변한다고요?

홍이는 책상으로 다가가 삼색 고양이를 자세히 들여다보았다. 그러나 고양이는 두 눈을 꼭 감고 있었다.

콧수염 남자는 두 손을 모으고 홍이의 눈을 가만히 바라보았다. 동그란 그의 눈동자가 순간 반짝, 하고 노랗게 빛났다.

다시 한번 말씀드립니다만, 이름을 부르면 안 됩니다.

이름을 부르면 그 꿈은 당신만의 꿈이 될 것이고 이 도서관으로 다시는 돌아올 수 없어요.

콧수염 남자는 길고 흰 두 번째 손가락을 들어 좌우로 흔들면서 말했다.

하지만 이름을 알지도 못하는데 어떻게 부를 수 있겠어요?

홍이는 투덜대며 말했다.

그건 불가능한 일이라고요.

콧수염 남자는 삼색 고양이의 머리를 부드럽게 쓰다듬으며 말했다.

깨달음은 우리가 알지 못하는 방식으로 살며시 찾아온답니다. 마치 고양이처럼 말이죠.

콧수염 남자는 다시 콧수염의 한쪽 팔을 희고 긴 손가락으로 말아 쥐고 한 방향으로 꼬기 시작했다. 콧수염은 멋들어지게 하늘 위로 뱅글뱅글 말려 올라갔다.

도서관에서 꿈을 빌리게 되면서부터 홍이는 더 이상 이상한 꿈을 꾸지 않게 되었다.

그래, 아주 멋진 꿈들을 꾸었지. 모자챙을 누르는 버릇 때문에 가끔 허공을 더듬기는 하지만…. 그렇다면 모자 없이 이대로도 괜찮은 것 아닐까?

홍이는 초록 모자의 안부가 궁금했다. 어디에 있는 것인지, 누구와 함께일지. 모자에 새겨진 자신의 이름은 아직 그대로 있을지도.

꿈에서 모자를 찾는다고 해도 그건 그냥 꿈일 뿐일 텐데…. 하지만 꿈에서 만난 고양이들은 모두 모자를 쓰고 있었어. 고양이들은 그만큼 모자에 대해 아주 잘 알지도 몰라. 행운을 가져다준다는 삼색 고양이가 초록 모자에 대해 이야기해 줄지도 모르지.

이런저런 상상을 하며 홍이는 걸었다. 집으로 돌아가는 길은 고요하고 또 고요해서 아직 아무도 깨어나지 않은 일요일 아침 같았다. 이름을 알 수 없는 새들만이 앙상한 나뭇가지 사이로 모습을 감추고 지저귀고 있었다. 해는 자욱한 안개 속에 숨었고, 일찌감치 불을 켠 상점 몇몇이 골목을 지키고 있었다. 꿈속을 걷는 기분이었다.

홍이는 삼색 고양이를 침대 위에 조심히 내려놓았다. 고양이는 조그만 움직임도 없이 그저 두 눈을 꼭 감고 있었다. 잠에서 깨어날 기미가 전혀 보이지 않았다.

숙제를 하다 보면 고양이가 일어날 거야.

홍이는 책상 앞에 앉았다. 그러나 여기저기 흩어져 있는
펜들을 가지런히 필통에 정리하고는 침대로, 읽어야 할
책을 고르다가 다시 침대로. 책을 펼쳐 겨우 한두 장을 넘
기고는 고양이를 보러 또다시 침대로 갔다. 베게 위에서
동그랗게 몸을 말고 삼색 고양이는 여전히 잠을 자고 있
었다.

홍이는 두 손가락을 고양이 코에 대 보았다.
따뜻한 콧김이 나야 하는데….
서로의 코가 맞닿을 정도로 가까워졌다. 이번에는 고양이
의 부드러운 배 위로 살그머니 귀를 대 보았다.
보롱 보롱 보롱, 보롱 보롱 보롱.
고양이의 작은 심장이 규칙적으로 움직이고 있었다.
다행이다.
홍이는 책을 가지고 와서 침대에 누웠다.
그냥 여기서 기다려 볼까?
머리 위 고양이가 모자처럼 홍이를 감싸 주었다.

삼색 고양이는 지금 무슨 꿈을 꾸고 있을까??

고양이의 꼭 감긴 두 눈은 마치 아직 펼쳐 보지 않은 책
같았다. 홍이는 그 안에 무엇이 담겨 있는지 궁금했다. 오
늘은 어떤 꿈을 꾸게 될지도.
손을 머리 위로 뻗어 고양이의 삼색 털을 쓰다듬었다. 꿈
결처럼 부드러웠다.

홍이! 일어나야지!

아침이었다. 엄마가 홍이를 조용히 흔들어 깨웠다. 머리
위 삼색 고양이는 두 눈을 꼭 감고 몸을 둥글게 말고 자고
있었다. 어제 읽던 책도 침대 위에 그대로.
그리고 홍이는 어떤 꿈도 꾸지 않았다.

식탁 위에는 좋아하는 반찬들이 가득했지만 홍이는 아무
맛도 느낄 수 없었다. 기억 속에 혹시 남아 있을지도 모를
꿈을 찾느라 머릿속이 복잡했다.

무슨 일이야? 아침부터 왜 이렇게 기운이 없어?

엄마는 이마에 금을 그리며 홍이의 이마에 손을 짚었다. 엄마의 손이 따뜻했다.

열은 없는데…, 어디가 아픈거야?

고개를 가로젓는 홍이를 엄마는 가만히 바라보았다.

오늘은 추우니까 아무 데도 나가지 말고 집에 있어. 한 숨 푹 자면 나을 거야. 알겠지?

그래, 바로 그거였어.

홍이는 침대에 얌전히 누워 엄마가 출근하기만을 기다렸다. 삼색 고양이를 조심스레 가방에 넣고 가방끈을 목에 걸었다. 자신이 가진 외투 중에서 가장 따뜻한 옷을 골라 입고 엄마의 무릎 담요로 고양이와 자신을 감쌌다.

삼색 고양이는 아픈 게 틀림없어. 그렇지 않고서야 이렇게 꿈도 꾸지 않고, 눈도 뜨지 않고 잠만 잘 리가 없잖아? 어제보다 고양이가 조금 가벼워진 것도 같아. 서둘러야 해.

*

오셨습니까.

콧수염 남자가 활짝 웃었다.

홍이는 다급하게 말했다.

저, 꿈이요. 꿈이 없어요. 아픈 것 같아요. 삼색 고양이가
요.

도서관까지 오는 길은 오늘따라 멀고, 바람이 세차게 불
었다. 걸어오는 동안에도 담요를 들추며 몇 번이고 확인
해 보았지만 삼색 고양이는 여전히 눈을 뜨지 않았다. 홍
이는 발을 동동 구르고 싶은 심정이었다.

어디 한번 보지요.

콧수염 남자는 삼색 고양이를 안아 들어 섬세한 동작으로
체온을 재고 주의 깊게 숨소리를 확인했다.

건강에는 이상이 없습니다. 가끔 이런 일이 있기도 해요.
원하신다면 다른 꿈으로 바꿔 드리겠습니다. 혹시 꿈을

꾼다고 해도 제대로 작동하지 않을 수도 있어서요.

하지만….

홍이는 입술을 잘근잘근 깨물었다.

삼색 고양이는 한 번도 눈을 뜨지 않았지. 나는 아직 이 책의 첫 장을 펼쳐 보지도 못한 거야. 그 안에는 내가 생각지도 못한 커다란 행운이 기다리고 있을지도 모르는데….

그럼 하루만 더 같이 있으면 안 되나요?

삼색 고양이의 자그마한 머리를 쓰다듬으며 홍이는 나지막이 말했다.

콧수염 남자는 콧수염을 아래로, 아래로 쓰다듬었다. 첫 번째와 두 번째 손가락 밑에서 콧수염의 양쪽 팔이 흔들렸다. 시간이 조금 흐른 뒤 그는 말했다.

그렇다면, 이것만은 기억해 주세요.

단지 꿈일 뿐이라고, 그렇게 생각해야 합니다.

우리가 상상할 수 있는 그 이상의 어떤 일도 일어날 수 있는 게 꿈이니까요.

아, 그리고.

콧수염 남자는 가장 구석에 있는 책장으로 성큼성큼 걸어
가더니 커다란 칸막이 안으로 깊숙이 팔을 넣어 무언가를
찾았다.

필요할지도 몰라요. 분명 도움이 될 겁니다.

그는 삼색고양이의 목에 밤톨만 한 작은 주머니를 걸어
주며 말했다.

이게 뭐예요?

홍이는 주머니를 만져 보았다. 고양이만큼 부드러웠다.

때가 되면 알게 될 겁니다.

콧수염 남자가 빙긋 웃었다.

홍이는 고양이를 안고 계단을 올라가다가 깜빡하고 가방
을 잊고 온 것을 깨달았다. 뒤돌아 다시 계단을 내려가니
반쯤 열린 문 뒤에서 두런두런 목소리가 흘러나왔다.

몹시 흡족하구먼. 이번 달도 목표를 모두 달성했어.

고르릉 목을 울리며 높고 날카로운 목소리가 말했다.

홍이는 문틈으로 고개를 살짝 내밀어 안을 들여다보았다.

큰 책상 위에 앉은 검은 고양이가 노란 눈을 가늘게 뜨고 턱을 앞으로 내밀었다.

훌륭하십니다.

콧수염 남자가 검은 고양이에게 유리잔을 건네며 말했다.

근자에 …가 많아져서 말이지.

잘 들리지 않았다.

뭐가 많아졌다는 거지?

홍이는 귀를 열어 보았다.

수월한 편이라 할 수 있지. 내 그간 각고의 노력을….

여전히 잘 들리지 않았다.

이제 마지막 관문만 남았군.

검은 고양이가 유리잔을 들어 그 안의 호박색 액체를 노란 조명에 비추어 보더니 잔을 뱅글뱅글 돌리며 말했다.

두근거리는 마음으로 바라본다면,

콧수염 남자가 콧수염을 뱅글뱅글 돌리며 말했다.

깨달음은 고양이처럼!!!

둘은 서로의 잔을 부딪치며 외쳤다.
검은 고양이는 수염을 하늘 높이, 사방으로 바짝 세우고
는 활짝 웃었다.

홍이는 황급히 몸을 돌려 문 뒤로 숨었다.
검은 고양이다! 높고 날카로운 목소리의 주인공, 내 모자
를 가져간 그 검은 고양이였어!

심장이 두근거리는 소리가 너무도 커서 홍이는 한 손으로
입을 틀어막았다. 그러자 품 안의 고양이가 부르르 몸을
떨었다. 담요를 들추자 삼색 고양이가 두 눈을 반짝 뜨고
홍이를 바라보았다. 누군가 홍이의 몸속에 작은 스피커를
넣어 놓은 듯 심장 소리가 더욱 커졌다.

홍이는 한 발자국씩 천천히 오른쪽으로 돌아 어두운 계단
을 올라갔다. 고양이를 자세히 보려면 빛이 필요했다.

파랑, 노랑. 왼쪽, 오른쪽. 파랑, 노랑. 왼쪽, 오른쪽.

홍이는 고양이의 파랗고 노란 눈을 번갈아 들여다보았다. 숨을 쉴 때마다, 계단을 하나씩 올라갈 때마다, 파랗고 노란 눈 속 검은 눈동자가 보름달이었다가 송편 모양이었다가 반달 크기가 되었다. 입구에 도착했을 즈음에는 초승달처럼 아주 가늘어졌다.

시간이 삼색 고양이의 두 눈 속에 흐르고 있었다.

햇살이 머리 위에 따스하게 자리 잡자 홍이는 비로소 정신이 들었다.

내 초록 모자를 가져간 검은 고양이가 바로 저 안에 있는데! 얼른 가서 모자를 돌려 달라고 말해야겠어.

몸을 돌리려는 순간, 차가운 바람이 불어와 홍이와 삼색 고양이를 감싼 담요를 흔들었다. 삼색 고양이는 다시 한 번 몸을 부르르 떨었다. 홍이는 고양이의 눈을 바라보았다. 삼색 고양이는 보석처럼 반짝이는 파랗고 노란 두 눈을 천천히 깜빡였다. 마치 무언가를 말하는 것처럼.

그래, 우선 집으로 가야겠어. 고양이가 진짜로 아프기라
도 하면 큰일이니까. 검은 고양이에게 따지는 건 뭐, 다음
에 해도 되겠지.

홍이는 서둘러 집으로 향했다.

9

홍이는 삼색 고양이를 조심스럽게 침대 위에 내려놓았다.
고양이는 눈을 끔뻑, 감았다가 힐끗, 홍이를 바라보더니
뒷다리를 차례로 쭉 펴고 기지개를 켰다. 베게 위로 올라
간 삼색 고양이는 작은 분홍빛 혀를 몇 번 날름거리더니
이내 배를 깔고 엎드렸다. 홍이도 엎드려 고양이와 마주
보았다. 셀 수 없이 수많은 별들이 작은 구슬 안에 떠다니
고 있었다. 구름이 흘러 하늘의 모양이 바뀌고 바람이 불
어 낙엽이 하늘하늘 떨어지듯 눈꺼풀이 닫히고 열릴 때마
다 새로운 세계가 펼쳐졌다.

파랗고 노란 고양이의 눈에 비치는 자신의 모습이 어쩐지
새롭게 보여, 홍이는 몇 번이나 자세를 고쳐 가며 고양이
를 바라보았다.

삼색 고양이가 스르르 눈을 감았다. 홍이는 다급하게 고
양이를 불렀다.

저기, 고양아!

삼색 고양이는 눈을 가늘게 살짝 뜨더니 바로 다시 눈을 감아 버렸다.

이토록 멋진 삼색 고양이를 그냥 고양이라고만 불러야 하다니. 분명 네 이름은 특별할 거야. 그치? 하지만 어떻게 알 수 있을까? 깨달음은 고양이처럼 다가올 것이다, 라니. 무슨 소린지 도무지 알 수가 없잖아.
이름을 불러서는 안 된다는 콧수염 남자의 당부가 떠올라 홍이는 머리를 세차게 흔들었다.

삼색 고양이 밑에 살그머니 눕자 머리 위 고양이가 모자처럼 따뜻하게 감싸 주었다. 홍이는 잃어버린 모자를 떠올렸다.
아빠는 내게 초록 모자를 씌워 주며 말했지. 남들과 다른게 꼭 나쁜 것이 아니라고. 언젠가는 모자 없이도 괜찮아질 거라고. 그 날이 오면 어떠한 한계 없이 진정한 나 자신이 될 수 있을 거라고도 말해 주었는데.
홍이는 살포시 눈을 감았다.

내 초록 모자, 찾을 수 있을까? 만약 내가 영영 찾지 못한다고 해도 그 검은 고양이, 혹은 어딘가의 누군가가 잘 쓰고 있다면…, 소중히 대해 준다면.

홍이는 손을 머리 위로 뻗어 삼색 고양이의 털을 쓰다듬었다. 고르릉 고르릉 소리와 함께 작은 떨림이 리듬에 맞춰 반복되었다. 말랑말랑한 고양이의 배가 머리 꼭대기에 닿을 때마다 홍이의 머리카락들도 함께 춤을 추었다.

꾹꾹. 고양이가 부드럽게 발을 구르기 시작했다. 왼발 그리고 오른발이 조심스레, 그러나 힘차게 교대로 홍이의 이마를 어루만졌다.

부드러운 발바닥이 먼저, 그다음 작은 발톱이 마무리. 발톱이 이마에 닿을 때에는 조금 따끔했지만 고양이의 발구름이 반복될수록 홍이는 점점 마음이 가벼워졌다.

고르릉 꾹 따끔, 고르릉 꾹 따끔. 고르릑 꾹 따끔, 고르릉 꾹 따끔.

둘은 시동을 걸었다.

파란 어둠 속에서 보름달이 노랗게 빛나고 있었다.

쿠루룽, 멀리서 괴물들이 울부짖었다.

숲으로 이어지는 작은 들판 위에는 오직 홍이뿐. 서늘한 바람이 날아와 키 큰 풀들이 바르르 떨었다. 홍이는 풀보다 더 크게 떨며 외쳤다.

엄마!!!! 아빠!!!

저기요! 아무도 없어요?

아무리 불러 봐도 주위를 둘러 봐도 아무도 없었다. 맨발로 이슬 맺힌 풀을 밟아 온몸에 소름이 오소소 돋아났다. 쿵, 쿠루룽. 괴물들이 울부짖는 소리가 점점 가까워지고 있었다.

홍이는 고개를 들어 달을 바라보았다. 누구라도 좋으니 어서 와 주었으면. 저 속에 산다는 토끼라도. 괴물들이 거친 숨을 몰아쉬는 소리가 들판을 가득 채우고 축축한 밤안개가 뱀처럼 얼굴을 핥았다. 홍이는 입술을 잘근잘근 깨물었다. 콧수염 남자의 말이 귓가에 맴돌았다.

그렇다면, 이것만은 기억해 주세요.

단지 꿈일 뿐이라고, 그렇게 생각해야 합니다.

홍이는 주먹을 꼭 쥐고 두 눈을 질끈 감았다. 커다란 파도가 파랗게 부서지고 노랗고 동그란 작은 불빛들이 잠길 듯 말 듯 그 안에서 헤엄치고 있었다.

아니야 이건 꿈이야. 그냥 꿈이야.

눈을 떠 보니 희미하게 괴물들의 윤곽이 보이기 시작했다.

홍이는 하얀 고양이를 떠올렸다.

두려워하지 말아야 해. 바다의 파도처럼 여기를 봐도, 저기를 봐도 온통 괴물뿐이라면,

홍이는 숨을 크게 한 번 들이 쉬었다.

지금 이 순간에 집중하는 거야.

붉은 갈색 줄무늬 고양이처럼 코를 벌렁거리며 홍이는 생각했다.

저 괴물들을 없애야 해. 이게 꿈이라면… 괴물들을 차곡

차곡 쌓아서 샌드위치처럼 만들 수 있지 않을까? 바람이 유령처럼 떠도는 이 들판도 게임보드를 접어 버리듯 간단하게 반으로 덮어 버릴 수 있을 거야. 눈을 떠도 보이고 감아도 보이는 저 파란 어둠과 노란 달도 다르게 만들 수 있어.

홍이는 정신없이 중얼거리기 시작했다.

파랑, 노랑. 노랑, 파랑.

파랑과 노랑을 섞으면, 노랑과 파랑을 더하면.

홍이는 휘파람을 불 듯 입을 동그랗게 말았다.

초록, 하고 자신도 모르게 소리가 튀어나왔다.

그러자 어디선가 삼색 고양이가 뛰어나와 괴물들과 홍이 사이를 가로막았다. 크게 뜬 고양이의 두 눈에서는 파랗고 노란 불꽃이 튀었다.

삼색 고양이는 두 귀를 뒤로 젖히고 온몸의 털을 세워 몸을 부풀렸다. 고양이의 몸이 점점 커지더니 홍이와 크기가 비슷해졌다.

둥글게, 둥글게. 괴물들이 둘을 에워싸기 시작했다. 날개 달린 괴물들은 하늘을 날아다니며 주변을 빙글빙글 돌았다.

하악! 하악!

고양이는 송곳니를 드러내며 괴물들을 위협했다. 그러나 괴물들은 아랑곳하지 않고 더욱 큰 소리로 울부짖으며 다가왔다. 괴물들과의 거리가 좁혀지자 홍이는 조금씩 뒷걸음치기 시작했다. 홍이의 등에 부드러운 털이 닿았다. 홍이는 고개를 돌리지 않고도 등 뒤의 삼색 고양이를 느낄 수 있었다. 삼색 고양이는 홍이의 손을 살며시 잡아 주었다. 젤리처럼 말랑말랑한 고양이의 발바닥에는 촉촉하게 땀이 배어 있었다. 마주 잡은 손과 발을 타고 따스한 온기가 전해지자 홍이의 떨리던 몸이 진정되었다.

삼색 고양이가 다시 한번 하악! 하고 외쳤다. 홍이도 따라 꽤엑! 하고 소리를 질렀다. 삼색 고양이가 풍성한 꼬리로 괴물들을 때리면 홍이는 바닥에 떨어진 나뭇가지를 집어 괴물들에게 던졌다.

따끔, 날개 달린 괴물의 꼬리가 코를 스쳐 지나갔다. 홍이

는 그만 바닥에 주저앉고 말았다.

왜에에에에엥!!!

삼색 고양이가 커다란 소리를 지르며 날카로운 발톱을 꺼

내 펄쩍 날아올랐다. 순식간에 괴물 셋이 쓰러졌다. 하지

만 역부족이었다. 괴물들은 계속해서 수가 늘어났다.

홍이는 입술을 잘근잘근 깨물었다.

이대로는 무리야. 어떻게 하지?

홍이는 곁에 있는 삼색 고양이를 바라보았다. 고양이는

고개를 끄덕이더니 목에 걸려 있던 주머니를 떼어 홍이에

게 건넸다. 주머니는 호빵보다도 컸다.

분명 도움이 될 겁니다.

콧수염 남자의 말이 귓가에 맴돌았다. 홍이는 주머니에

손을 넣었다. 부드러운 가루가 손끝에 느껴졌다. 가루를

한 움큼 집어 괴물들을 향해 있는 힘껏 던졌다. 삼색 고

양이가 몸을 크게 부풀리고는 후~ 하고 바람을 불어 주었

다. 괴물들은 괴로운 듯 눈을 비비며 몸을 뒤틀었다. 이윽고 비처럼 눈물을 흘리더니 줄지어 쓰러지기 시작했다.

크르르….

남은 괴물들은 천천히 뒷걸음치며 어두운 숲속으로 사라졌다. 쌉싸래한 향기만이 작은 들판 위에 남았다.

홍이는 삼색 고양이의 파랑과 노랑, 왼쪽과 오른쪽 눈을 번갈아 바라보았다. 파도치듯 일렁이던 불꽃이 점점 잦아들었다. 고양이는 말없이 홍이의 콧등을 핥아 주었다. 까슬까슬한 작은 혓바닥이 따스했다.

둘은 손을 잡고 나란히 서서 분홍빛으로 물든 하늘을 바라보았다. 나무 사이로 보름달처럼 둥근 해가 이제 막 솟아오르고 있었다.

톡톡, 누군가 홍이의 뺨을 부드럽게 어루만졌다.

눈을 뜨자 노랗고 파란 두 눈과 마주쳤다.

둘은 베개를 나란히 베고 서로를 마주 보고 있었다.

삼색고양이는 끔뻑, 하고 눈을 감았다가 떴다.

홍이도 따라 끔뻑, 눈을 감았다가 떴다.

고양이의 콧등에는 작은 상처가 남아 있었다. 홍이는 손끝으로 자신의 콧등을 만져 보았다.

깊이를 알 수 없는 바다 같은 파랑,

밝게 웃는 얼굴 같은 노랑.

파랑, 노랑. 노랑, 파랑.

파랑과 노랑을 더하면,

홍이는 휘파람을 불 듯 입을 동그랗게 말고 초록- 하고 가만히 불러 보았다.

그러자 삼색고양이는 네- 라고 대답이라도 하듯 냐- 하고 울었다. 고양이의 부드러운 털 아래 깊은 곳에서부터 떨림이 느껴졌다.

정말 멋진 이름이야.

홍이는 고개를 끄덕였다. 고양이를 쓰다듬던 오른쪽 손바닥에는 털이 한 줌 남았다. 그리고 고양이는 여전히 홍이와 함께 있다.

우리 내일도 함께 꿈을 꿀 수 있을까?

삼색고양이는 홍이를 바라보면서 다시 한번 냐아- 하고
길게 울었다.

솜씨 좋은 누군가가 부드럽고 두터운 천으로 아주 작은
종을 만들어 고양이의 몸속에 넣어 놓은 것만 같았다. 처
음부터 지금까지 단 한 번도 떨림이 멈추지 않았던, 앞으
로도 오래도록 울려 퍼질 그런 종소리 같은 대답이었다.

홍이는 손바닥에 붙은 털을 엄지와 검지로 이리저리 굴려
작은 공을 만들었다. 주황과 검은 색, 흰색이 서로서로 섞
여 아름다운 무늬를 만들어 냈다.

계절마다 털의 모양이 달라진다고 그랬지?
여름이 되면, 초록.
우리는 또 어떤 꿈을 꾸게 될까.
삼색 고양이는 킁킁, 하고 작은 공의 냄새를 맡아보더니
슬며시 홍이의 손가락 끝에 자신의 코를 부볐다.

고르릉 고르릉 시동을 걸었다.

홍이는 초록을 쓰고 방을 나섰다. 창가에 서서 구름 한 점 없는 파란 하늘에 비치는 서로의 모습을 바라보았다.

부엌에서는 노랗게 빵 굽는 냄새가 났다.

다른 두 눈의 노래

어느 자그마한 언덕이 있는 자그마한 공원에
자그마한 삼색 고양이 초록이 살았습니다.

여름의 입구에서 초록은 태어났습니다. 톡, 하고 건드리
면 툭, 하고 손끝이 물들 것 같은 싱그러운 나뭇잎과 넝쿨
속에서 편안하게 누워 있다가 초록이라는 이름을 가지게
되었습니다.

아기 고양이들은 태어나고 한참 동안은 눈을 뜨지 못합니
다. 모든 것이 궁금한 초록은 자신의 이름을 부르는 엄마
에게 물었습니다.

엄마, 초록이 뭐예요?

네 이름이지.

그리고요?

초록은 나무란다.

그리고요?

초록은 여름으로 타오르는 요람.

그리고요?

초록은 들판 위에 가득 찬 평화, 초록은….

엄마는 가만가만 자장가를 불러 주었습니다.

자그마한 삼색 고양이는 캄캄한 어둠 속에서 엄마의 두
근대는 심장 소리를 들으며 초록을 상상하고는 했습니다.
주변은 온통 물을 머금은 풀 냄새로 가득하고, 해님은 머
리 위에서 뜨겁게 타올랐습니다.

아기 고양이들은 단춧구멍이 열리듯 조금씩, 조금씩 눈을
뜨기 시작합니다.

눈을 다 뜨고 나서도 얼마 동안은 모두 똑같이 파랑 눈을 가지게 됩니다.

이제 초록은 어렴풋이 세상을 볼 수 있습니다.

파랑 눈의 시기가 되었구나.

엄마가 말하자 초록이 물었습니다.

엄마, 파랑이 뭐예요?

파랑은 하늘이란다.

초록은 고개를 들어 엄마가 가리키는 하늘을 바라보았습니다.

그리고요?

파랑은 파도치는 바다.

그리고요?

파랑은 시리도록 차가운 겨울 아침, 파랑은….

엄마는 나직하게 자장가를 불러 주었습니다.

파랑 눈의 시절 내내 자그마한 삼색 고양이 초록은 기도했습니다. 자신의 눈빛이 이름에 걸맞은 색이 되기를.

모두가 부러워할 만큼 멋진 눈을 가지게 해 주세요.
초록은 날마다 기도했습니다.

어느 날, 파랑 눈의 시기가 끝나는 날.
초록은 무척 실망했습니다.

초록의 왼쪽 눈은 노랑,
초록의 오른쪽 눈은 파랑.
짝짝이 눈을 가진 고양이가 되었습니다.
자그마한 언덕, 자그마한 공원 그 어디에도
그런 이상한 눈을 가진 고양이는 없었습니다.

초록은 엄마에게 물었습니다.

엄마, 노랑이 뭐예요?
노랑은 태양이란다.
그리고요?
노랑은 풍요로운 결실.

그리고요?

노랑은 안전하게 돌아오길 바라는 마음, 노랑은….

자그마한 삼색 고양이 초록은 엄마가 부르는 다정한 자장
가가 더 이상 귀에 들어오지 않았습니다.

엄마, 왜 내 눈은 이상해요?

우리는 모두 다르게 태어났단다. 그건 특별한 거야.

잘못된 게 아니지.

엄마는 초록의 이마를 다정하게 핥아 주었습니다.

어느 날, 비가 내려 해님이 사라진 날.

자그마한 삼색 고양이 초록은 자그마한 나무 아래에서 훌
쩍훌쩍 울고 있었습니다.

자그마한 공원에서 가장 현명한 검은 고양이가 그 옆을
지나가다가 초록을 보았습니다.

꼬마야, 무슨 일이니?

친구들이 같이 놀아 주지 않아요. 양쪽 눈이 달라서 도대체 어떤 쪽을 바라보는지 모르겠대요. 그래서 어느 편에도 끼워 주지 않겠다고 했어요.

슬퍼하지 마라. 누구나 꼭 무리에 속해야 하는 것은 아니야. 너는 너만의 길을 갈 수 있단다.

하지만…. 노랗고 파란 짝짝이 눈을 가졌으면서 초록이라는 이름이라니, 기분 나쁜 존재라고 자꾸 놀리는걸요.

검은 고양이는 초록의 두 눈을 지그시 바라보았습니다.

초록이라니. 아주 멋진 이름을 가졌구나.

함께 있으면 서로를 새롭게 만들어 주는 존재들이 있지. 바로 네 눈의 파랑과 노랑처럼. 그것을 알기 위해서는 마음으로 바라보아야 한단다. 분명 누군가는 너를 알아볼 수 있을 게다.

현명한 검은 고양이는 초록의 머리를 쓰다듬어 주고는 다시 길을 떠났습니다.

자그마한 삼색 고양이 초록은 생각했습니다.

나를 마음으로 바라볼, 나를 알아볼 존재가 있을까?

가을이 지나 겨울이 되었습니다.

초록은 여전히 혼자서 훌쩍이며 우는 날이 많았습니다.

초록은 생각했습니다.

내가 마음으로 바라볼, 내가 알아볼 존재가 있을까?

겨우내 초록은 생각하고 또 생각했습니다.

어느 날, 따뜻한 봄바람이 자그마한 언덕을 찾아온 날.

초록은 떠나기로 결심했습니다.

엄마는 초록을 붙잡았습니다.

이 언덕, 자그마한 공원이 우리의 전부란다. 어딜 가겠다
는 거니.

하지만 저는 꼭 찾고 싶어요. 나를 알아볼, 내가 바라볼
그런 존재 말이에요.

초록은 파랑과 노랑의 짝짝이 눈을 빛내며 말했습니다.

저 밖은 위험한 곳이야. 누구를 만나든 조심해야 한단다.

엄마는 초록의 코에 자신의 코를 부비며 고르릉 몸을 울

렸습니다.

너무 걱정 마세요. 가 보면 알게 될 거예요.

자그마한 삼색 고양이 초록은 엄마에게 인사를 하고 자그마한 공원을 뒤로했습니다.

자그마한 언덕 너머에는 또 다른 자그마한 언덕이 있었습니다. 초록은 휘파람을 불며 걸었습니다.

또 다른 자그마한 언덕을 넘어가니 탁 트인 벌판이 나왔습니다. 초록은 두리번거리며 계속 걸었습니다.

저 멀리 울타리에 기대어 쉬고 있는 한 남자가 보입니다.

처음으로 새로운 존재를 만난 초록은 깡충거리며 뛰어갔습니다. 녹이 슨 금속의 거친 냄새를 풍기는 남자는 고개를 들어 무심히 바라보더니만, 초록이 가까이 다가가자 돌을 던졌습니다.

짝짝이 눈의 고양이라니. 두 배로 기분이 나쁘군.

재수가 없으려니 원.

남자의 두 눈 속에는 증오가 가득했습니다.

돌멩이를 피해 재빨리 풀숲으로 도망가야 했지만 자그마한 초록은 실망하지 않고 다시 길을 따라 걸었습니다.

커다란 건물들이 반짝반짝 빛나는 거리에 접어들자 초록은 조금 두려워졌습니다.

더 이상 신선한 흙냄새를 맡을 수 없었기 때문입니다.

좁은 골목에서 끝도 없이 이어지는 건물의 그림자를 따라 걷다가 초록은 한 여자를 만났습니다.

진짜라고 하기에는 너무도 진한 꽃 냄새를 가진 여자는 초록을 자세히 바라보았습니다.

초록은 몸을 낮추고 섣불리 다가가지 않았습니다.

여자는 빙긋 웃으며 먹을 것을 나누어 주었습니다.

초록은 킁킁, 하고 냄새를 맡아 보았습니다.

그것은 초록이 먹을 수 없는 쓰디쓴 초콜릿이었습니다.

신기한 눈의 고양이구나. 사람들이 좋아하겠지?

여자는 초록의 사진을 찍기 시작했습니다. 여자의 두 눈은 탐욕스럽게 빛나고 있었습니다. 눈부신 카메라 플래시를 피해서 초록은 도시의 땅 밑으로 내려갔습니다.

자그마한 삼색 고양이 초록은 이제 처음보다 천천히 걷고 있습니다. 어두컴컴한 미로 같은 땅 밑에서는 수염을 이리저리 곤두세워 보아도 어디로 가야 할지 도무지 알 수가 없습니다. 차가운 물웅덩이와 쓰레기들을 피해 걸어가다가 초록은 한 노인을 만났습니다.
슬픈 냄새를 희미하게 풍기는 노인은 작은 목소리로 초록을 불렀습니다.
가까이 다가오렴. 잘 보이지 않는구나.

초록은 한 발자국씩 천천히 앞으로 다가갔습니다. 노인은 초록을 자신의 낡은 담요 위에서 쉬게 해 주었습니다.

자그마한 고양이야, 멋진 눈을 가졌구나. 남들과 다른 것을 볼 수도 있겠지?

나는 너 같은 존재를 만날 수 있기를 기다려 왔단다. 아주 오랜 시간 동안 말이야. 이제라도 너를 만날 수 있어서 얼마나 다행인지…. 정말 고맙구나.

노인의 두 눈에 초록의 그림자가 드리워졌습니다. 노인의 심장이 아주 약하게 뛰는 것을 초록은 느낄 수 있었습니다. 그러나 초록은 무슨 말을 해야 할지 알 수 없었습니다.

노인은 땅 위로 나가는 길을 알려 주었습니다. 초록은 노인의 거칠고 따뜻한 손에 코를 부비며 인사를 하고 그 길을 따라 밖으로 나왔습니다.

자그마한 삼색 고양이 초록은 아주 오랫동안 길을 걸었습니다. 커다란 건물들은 사라지고 하늘과 땅의 모양이 바뀌었습니다. 어느새 꽃이 지고 나무들은 풍성한 초록의 옷으로 갈아입었습니다.
그동안 어느 누구도 만날 수가 없었습니다.

자그마한 삼색 고양이는 목이 마르고 배가 고팠습니다.

지칠 대로 지쳐서 더 이상 걸을 수가 없습니다.

초록은 어느 커다란 나무 밑 넝쿨 사이에 누워 눈을 감고 생각했습니다.

결국 찾을 수 없었어.

초록은 어릴 적 들었던 엄마의 심장 소리를 떠올렸습니다.

이대로 잠이 들면….

더 이상 힘들게 헤매지 않아도 된다고 생각하니 마음이 조금 편해진 것 같기도 했습니다.

무슨 꿈을 꾸고 있니?

어디선가 들려온 목소리에 자그마한 삼색 고양이 초록은 살며시 눈을 떴습니다.

어느 자그마한 아이가 초록을 내려다보고 있었습니다.

아이의 뒤에서 붉은 햇살이 바삭바삭한 풀 냄새와 함께

눈부시게 쏟아져 내렸습니다.

초록은 좀 더 가까이 다가가고 싶었지만 발가락 하나도
움직일 힘이 없었습니다.

괜찮니? 어서 우리 집으로 가자.

아이는 초록을 안아 들었습니다.

동당동당 두근대는 아이의 심장 소리에

자그마한 삼색 고양이의 온 세상이 올랑입니다.

아이는 초록에게 우유와 빵을 나누어 주었습니다.

고마워. 덕분에 기운을 차렸어.

자그마한 삼색 고양이 초록은 자그마한 아이와 마주 보고
앉았습니다.

아이는 초록의 왼쪽 오른쪽 눈을 번갈아 가며 오랫동안
바라보았습니다.

밝게 웃는 노랑, 깊고 넓은 파랑.

자그마한 아이가 말했습니다.

작은 새들이 날아가.

별들이 흐르는 은하수가 있어.

그리고 그 안에 나도 있어!

초록은 아이의 눈을 바라보았습니다.

자그마한 아이의 자그마한 두 눈 속에도 초록이 있습니다. 어쩐지 자신의 모습이 새롭게 느껴집니다.

두 개의 심장이 두근거리며 함께 뛰었습니다.

너에게서 햇살 냄새가 나.

초록이 자그마한 콧구멍을 벌름대며 말했습니다.

응. 오늘 하루 종일 잃어버린 모자를 찾아 다녔어.

모자?

아빠가 선물한 초록 모자를 그만 잃어버리고 말았어.

이제 내 붉은 곱슬머리는 온 세상의 놀림거리가 되고 말 거야.

아이는 머리를 두 손으로 감싸며 말했습니다.

내가 보기엔 꽤 멋진데. 저녁 무렵 노을처럼 말이야.

초록은 아이의 붉은 곱슬머리를 바라보았습니다.

고마워. 하지만 역시 모자가 있어야 마음이 놓일 것 같아.

아이는 슬픈 표정을 지었습니다.

이러면 어떨까?

초록은 용기를 내어 폴짝,

아이의 머리 위로 올라갔습니다.

자그마한 아이의 머리는 자그마한 삼색 고양이에게 딱 알맞은 크기였습니다. 자그마한 삼색 고양이는 모자에 딱 적당한 크기였습니다.

아이의 머리카락은 요람처럼 폭신하고 따스했습니다.

고양이의 유연한 몸은 다양한 모양의 모자가 되기에 안성맞춤입니다.

초록은 이제 더 이상 자그마한 고양이가 아닙니다

아이가 더 이상 자그마한 아이가 아니듯이.

둘은 새로운 색으로 서로를 물들이며 함께 꿈을 꿉니다.

오늘도, 내일도.

에필로그 - 검은 고양이의 비망록

그에게서는 마른 풀 냄새가 났다. 아니, 가끔은 여름이 발효되는 향기가 나기도 했다. 포도나 열무 따위의 싱그러움이 시간에 잠기는 그런 냄새 말이다. 그는 어둠처럼 검은 옷을 입고 있었지만 결코 위험한 냄새를 풍기지는 않았다. 나는 그를 한눈에 알아보았다. 아니, 한 코에 알아보았다. 우리 고양이들은 눈보다는 코가 더 뛰어나니까. 다정함을 주원료로 정결을 더하고 적막을 조금, 고단함을 한 스푼 추가한다면 그의 냄새가 될 것이다. 생각만으로도 설레는 그런 멋진 고유의 냄새를 가진 자가 내 꿈이 되어 줄 것을 나는 아주 오래전부터 알고 있었다. 내게 부족한 색을 채워 주리라는 것을.

그가 나의 이름을 불러 주었을 때, 나는 그에게로 가서 꿈이 되었다. 그를 통해 세상을 바라보았을 때, 비로소 나는 완성되었다.

그를 만나기 전에 꾸었던 꿈은 이제 잘 기억나지 않는다.

그와 함께 꾸는 꿈은 따뜻하면서도 차갑고, 폭신하면서도 딱딱했다. 말하자면 목화솜으로 만든 유리그릇 같은…. 상상이 가시는가? 모든 감각, 온몸으로 느껴지는 그런 꿈 말이다. 가느다랗고 탄력이 있는 낚싯줄로 뼈대를 잡은 뒤 부드러운 비로도로 기계를 만들어 찍어 낸 색색의 젤리로 살을 붙여 만든 그런 꿈 말이다. 나는 열두 쌍의 수염 끝이 모두 떨릴 정도로 감격했다. 우리가 만드는 꿈에 한계는 없을지도 모른다고 느꼈으니까.

모두 알고 있을 것이다. 원체 우리 고양이들은 하루의 많은 시간을 잠을 자는 데 할애한다는 것을. 그러니 살아가는 데 있어 꿈이 얼마나 중요한지는 매번 강조해도 모자람이 없다. 인간에게도 잠은 꽤 중요하다고 들었다. 누누이 말해 왔지만 어떤 꿈을 꾸는지에 따라 삶이 달라진다는 걸 그들이 좀 알았으면 한다. 그러나 인간들은 조상이 번호를 점지하는 그런 하찮은 꿈을 최고로 친다니, 통탄할 일이다.

내 오랜 세월 살아오며 지켜 본 바, 인간은 대개 시시하고도 이상하다. 전연 이해할 수 없는 것이 한두 가지가 아니다. 그들은 십중팔구 비슷비슷한 가면을 쓰고 있어 겉으로 구분하기가 어려운데, 가면을 쓴 주제에 손가락으로는 또 그것을 가리키고들 있다. 그야말로 모순덩어리 아닌가. 그러니 잠을 이루지 못하는 자들이 늘어날 수밖에.

그들은 칠칠치 못하기까지 하다. 인간이 지나간 자리마다 무언가가 놓여 있다. 골목 어귀 초록의 나뭇가지에는 복주머니가, 노인들이 걸터앉아 햇빛 바라기를 하던 커다란 화분 위에는 쌀과자 한 봉지가, 작은 아파트의 좁은 주차장에는 손때 묻은 봉제 인형이.

침을 뱉고 가는 사람, 비밀을 묻어 놓고 가는 사람, 웃는 얼굴을 흘리고 가는 사람. 내가 가는 자리마다 인간의 조각이 남아 있다. 유형의 무해한 것, 무형의 유해한 것, 그것들의 반대들과 또…. 아마도 그들은 적절한 교육을 받지 못한 것이 분명하다.

어쨌든 각설하고, 나는 인간이 놓고 간 조각을, 아니 버리고 간 조각들을 수집하기 시작했다. 이토록 무분별하게 세상을 어지럽히는 인간들이라니, 괘씸하기 짝이 없지 뭔가. 게다가 인간에게 영역을 빼앗긴 우리는 사냥할 것이 점점 사라지고 있었다.

솔기가 터져 속의 실이 삐져나온 야구공. 활짝 웃고 있는 사람들이 찍혀 있는 사진 한 장. 뒷바퀴가 사라진 장난감 자동차. 온도에 따라 색이 변하는 보석 반지. 눈과 입이 지워진 강아지 인형. 반짝이는 비닐로 포장된 사탕들. 이가 나가고 금이 간 도자기 찻잔. 작은 노란색 장화 한 짝. 갈라지고 헤진 가죽 줄의 시계….

인간들은 아무렇지 않게 많은 것들을 버렸다. 물건으로 태어나 한때는 소중하게 여겨졌지만, 잊히고 머잖아 소멸될 운명들이었다. 인간이 버린 조각들은 작은 목소리로 내게 말을 걸었다. 물론 처음에는 잘 들리지 않았다. 나는 매일같이 조각들을 바라보았다. 그리고 귀를 열고 마음을 열었다. 그러자 이야기들이 들리기 시작했다.

조각들은 모두 입을 모아 말했다. 인간들이 자신을 버린 것이 아니라고. 꿈이나 희망을 잃어가는 것처럼 인간들은 살아가며 조금씩 소중한 기억과 이야기들을 잃어버리게 된 것이라고. 겉으론 보이지 않았지만 각각의 조각에는 숨어 있는 이야기들이 있었다. 마치 우리 고양이들의 이름처럼 비밀스러운 이야기들이.

그로 인해 알게 된 것이 있다면 모든 인간이 한심하기만 한 것은 아니라는 사실이었다. 그들이라고 우리 고양이와 크게 다르겠는가. 그 내부에도 기쁨이며 슬픔, 공포, 환희, 가끔은 사랑…. 여하튼 굉장히 다양한 것들이 웅크린 채 꿈틀거리고 있다는 것을 이제 나는 안다.

하지만 인간은 겉모습만 보고 제멋대로 판단하고 움직이는 데에는 선수라는 것을 잊지 말아야 한다. 언제는 신으로 추앙하더니 손바닥 뒤집듯 입장을 바꾸어 핍박하지 않았는가. 정작 우리는 변한 것이 없는데 말이다. 아주 요사스러운 변덕이 아닐 수 없다. 역사를 공부하는 데에는 다 이유가 있으리라. 무턱대고 가벼이 인간을 믿는다면 큰 화를 볼 수 있음을 각별히 유념해야 할 게다.

아무튼 나는 인간들이 잃어버린 조각들을 곱게 주워 우리 고양이들의 은신처에 가져다 놓았다. 집이나 가족, 또는 친구가 필요한 고양이들이라면 누구나 은신처에 찾아오니까. 모든 고양이에게도 자신만의 비밀스러운 이름과 숨겨진 이야기가 있기에 나는 그들을 이어 주고 싶었다. 이야기와 이야기가 만나 서로 연결되는 다채롭고도 근사한 세계를 만들고 싶었다. 모두 함께 살아갈 수 있는 세상을 꿈꾸는 것은 죄가 아니지 않는가.

이렇게 꿈의 도서관은 시작되었다.

꿈의 도서관이나 검은 집에 가지 않는 혼자만의 시간에는 나의 골목을 걷는다. 이제 산보는 수집의 동의어가 되었다. 그렇지만 되도록 인간들의 눈에 뜨이지 않도록 조용히 다니고자 한다. 날이 갈수록 우리가 설 곳은 점점 줄어든다. 그러는 동안에도 구석구석 어디든 숨겨진 조각들이 제법 있다. 아니, 점점 더 많아지는 것 같다. 이 다음에 그들은 무엇을 더 잃어버리게 될까.

외로운 존재들은 어느 시대에나 있었다. 이해받지 못하는 이야기들도. 숭배의 대상을 지나 박해의 시간을 건너 오늘날에 이르렀지만 여전히 살아 내야만 하는 나날들이다. 미워하고 싫어하는 온갖 감정이 전염병처럼 창궐하여 도처에 들끓고 있으니. 요컨대 그들은 한결같이 마음으로 바라보지 않는 것이다. 안타깝기 그지없다.

이 모든 여정이 항상 행복했다고만은 말할 수 없다. 오랜 세월, 어찌 고양이라고 가슴 아픈 일이며 아찔하고 위험한 순간이 없었겠는가. 떠나보낸 많은 이름과 남겨진 이

야기들이 있다. 그러나 하루하루를, 지금 이 순간을 흘려
보내지 않고 꿈을 버리지 않으련다. 이렇게 함께하며 꿈
을 꿀 수 있는 존재들이 있으니. 그저 그만이다.

그와 나 사이는 거울 한 장 보다 가깝고 때로는 끝이 없는
바다처럼 아득하다. 더할 나위 없이 이대로 충분하다. 우
리는 모두 멀리서 왔으니까. 서로가 서로를 찾아낸 것은
얼마나 기적 같은 일인가.

2023년 2월, 〈수면의 고양이〉 속 삼색 고양이의 모델이 되어 준 '낭월'이 20살 생일을 앞두고 세상을 떠났습니다. 슬픔과 함께, 그러나 삶은 계속됩니다.

우리가 언젠가 다시 만날 것을 믿으며 낭월이 어느 한 페이지에서 여전히 살아 숨 쉬기를 바라는 마음으로 세상에 이 이야기를 꺼내 놓으려 합니다.

도와주신 많은 분들께 다시 한 번 감사드립니다. 부디 이 이야기가 불안 속에서 흔들리듯 떠밀리며 살아가는 모두를 위한 자장가가 되었으면 좋겠습니다.

그럼, 오늘도 좋은 꿈 꾸시기를 바라며.

수면의 고양이

초판 1쇄 발행   2024년 3월 5일

글   이근영

그림   리호

펴낸곳   북스 오와우

등록   제 2023-000121 호

ISBN   979-11-986696-0-5 (03810)

문의   books.owau@gmail.com
           instagram.com/books_owau